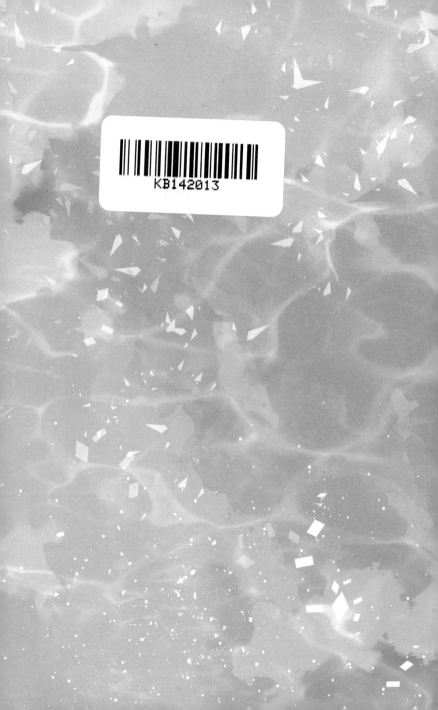

KB142013

너는 어디까지 행복해봤니?

너는
어디까지
행복해
봤니?

곽
세
라

쌤앤파커스

오래도록 잊고 지내던 내 마음의 편지함을 열어보던 날,

그립고 다정한 풍경을 담은 그림엽서들이

차곡차곡 쌓여 있었다.

그 엽서를 보낸 이는

내가 꿈꾸던 곳으로 미리 가 있는 나였다.

그 노래를 부르고, 그 춤을 추고,

그 포옹을 나누며 사는 내가 그곳에 있었다.

'꿈꾸는 나'는 무심한 내게 안부를 띄워놓고

그렇게 오래오래 나의 대답을 기다리고 있었다.

나는 답장을 보내기로 했다.

그리고 내가 가진 우표는 '나'밖에 없었다.

차례

아란.　　　　　　　　　　별을 이야기하는 소년

들어주시지도 않는 기도를
왜 해야 하나요?

그 새벽 기차역의 대합실에는 세 사람밖에 없었다. 그 소년, 그 수녀님, 나.

소년은 열네댓 살 정도로 보였고 수녀님은 홀씨 핀 민들레처럼 백발이었다. 소년은 수녀님보다 키가 컸지만 그 어림을 감출 수 없었고, 수녀님의 몸은 정갈한 기도처럼 조그맣게 말려들어가 있었다. 그 둘은 일행이었기 때문에 같은 벤치에 함께 앉아 있었고, 나는 그 뒷줄 벤치에 혼자 앉아 있었다. 소년이 무어라고 웅얼웅얼 불만이 가득한 목소리로 수녀님께 이야기하는 소리가 들렸다. 인내심 있게 끝까지 다 들은 수녀님이 대답하는 소리도.

"기도하거라."

나는 마음속으로 가만히 웃었다. 어린 시절, 내가 다니던 주일학교 수녀님들도 늘 저렇게 대답하셨지. 우리가 무엇을 묻든, 어떤 고민을 털어놓든.

"기도하세요."

그리고 그 소년이 세상의 모든 주일학교 학생들을 대신해 용감무쌍하게도 물어주는 것을 듣고는 깜짝 놀랐다.

"들어주시지도 않는 기도를 왜 해야 하나요?"

나도 얼마나 여러 번 저렇게 묻고 싶었던가? 그 순간부터 나는 온몸이 귀가 되어 그들의 대화에 빨려들지 않을 수 없었다. 우리의 질문에 대답하기 전, 수녀님의 비단조개 같은 두 귀가 주름진 뺨이 짓는 함박웃음의 파도에 밀려올라가는 것이 보였다.

"들어주시지 않을 수도 있기 때문에 기도를 해야 한단다. 신은 네 심부름센터가 아니야. 세상에서 가장 너를 사랑하는 지혜로운 분이시다. 부모들도 사랑한다고 해서 어린 자식이 조르는 것을 모두 들어주진 않지 않니? 하지만 일단 아들딸이 뭘 원하는지는 알고 있어야 해. 네가 원하는 바로 그때, 원하는 바로 그걸 주진 않을지 모르지만 들어뒀다가 너의 때가 무르익었다 싶을 때, 너에게 적당하겠다 싶은 걸로 골라 주는 것이 더 크고 현명한, 진정 너를 사랑하는 보호자가 하는 일이란다."

　울고 떼쓰던 어린 날의 내가 울음을 멈추고 수녀님의 말씀을 듣는 것이 느껴졌다.

　"신이 우리를 말 잘 듣는 로봇으로 창조하지 않으셨듯이, 신도 버튼을 누르면 원하는 걸 토해내는 자동판매기가 아니다. '지금' 그걸 주시지 않는 그분의 마음을 헤아리거라."

　소년은 아무 대답이 없었다. 그는 무언가에 크게 낙담하고 있는 듯 보였고 그가 고개를 숙이자 목덜미에 새겨진 문신이 드러났다. 화려하게 장식된 중세의 칼 모양이었다. 아마도 그는 엑스칼리버를 달라고 기도했을 것이다. 그 검을 휘둘러 사춘기의 뜰에 돋아난, 마음에 들지 않는 잡초들을 모조리 베어버리고 싶었을 것이다. 그리고 신은 아마도 그 무거운 검을 다룰 수 있을 만큼 그의 어깨와 마음의 근육이

자라기를 기다리고 있었을 것이다.

"모르겠어요, 모르겠어요!"

소년은 엑스칼리버가 새겨진 목덜미를 흔들며 낮은 목소리로 떼를 썼다.

'싫어, 지금 달란 말이야, 지금!'

내 마음속에 웅크리고 있던 열세 살의 나도 뒷자리에서 함께 도리질을 치며 외쳤다.

'하느님, 모르겠어요! 왜 나만 불행한가요? 왜 나만 이렇게 괴상한가요? 왜 나는 예쁘지 않은가요? 대답해주세요, 당신을 증명해보세요!'

수녀님의 묵주반지를 낀 손가락이 가만히 소년의 어깨에 얹혔다.

"파울로, 신께 답을 달라고 부르짖지 마라. 지금은 답을 알아야 할 때가 아니라 문제를 이해해야 할 때인지도 모르지 않니? 네게 내어주신 문제를 차근차근 다시 읽어보렴."

소년은 다시 이를 악물고 아무 말이 없었다. 그것은 아마도 그가 원하던 대답이 아니었을 것이다. 수녀님은 가만한

신은 네 심부름센터가 아니야.

세상에서 가장 너를 사랑하는 지혜로운 분이시다.

부모들도 사랑한다고 해서

어린 자식이 조르는 것을 모두 들어주진 않지 않니?

하지만 일단 아들딸이 뭘 원하는지는

알고 있어야 해.

네가 원하는 바로 그때,

원하는 바로 그걸 주진 않을지 모르지만

들어뒀다가 너의 때가 무르익었다 싶을 때

너에게, 적당하겠다 싶은 걸로 골라 주는 것이

더 크고 현명한, 진정 너를 사랑하는 보호자가

하는 일이란다."

목소리로 말을 이었다.

"사랑하는 파울로, 나무는 위로만 자라는 것이 아니다. 아래로도 자라야 한단다. 태양을 빨아들여 잎을 틔우고, 가지를 뻗고, 꽃을 피우는 건 위로 자라는 것이고, 뿌리를 더 깊이 내려 단단하게 흙을 움켜쥐는 것, 그래서 토양의 양분을 흡수하고 비바람에 흔들리지 않는 자리를 차지하는 것은 아래로 자라는 것이다.

사람들은 오로지 햇빛을 더 달라고, 더 큰 꽃을 피우게 해달라고만 기도하지. 하지만 그 나무를 진정 보살피시는 분은 우리가 뿌리를 내리도록 기다려주신다. 네가 어둡고 단단한 시간 속을 뚫고 흙 밑으로도 뻗어 나가길 바라시는 거야."

우주 비행사들은 수만 명의 경쟁자들을 제치고 선발된다. 그들은 여러모로 뛰어나다. 지적 능력도, 신체 조건도, 하다못해 성격까지도 지구인을 대표해 우주로 갈 만한 수준임을 증명해낸 이들이다. 그런데 온갖 테스트에서 성공한 그들은 우주로 나가기 전, 실패하는 법을 집중적으로 연습한다고 한다. 그야말로 온갖 종류의 실패들을. 좀 더 정확히 말하자면 실패한 자신을 추스르는 테크닉들을 연습하는 것이다.

선발된 이들은 대부분 살아오면서 실패를 별로 경험해보지 않은, 실패에 익숙하지 않은 엘리트들이다. 그래서 더욱 철저하게 실망하고, 가차 없이 거절당하고, 거듭해서 좌절하는 훈련이 필요하다. 우주와 같이 광활하고, 알 수 없고, 상식이 통하지 않는 곳에서 우릴 지켜주는 것은 꽃이 아니라 뿌리이기 때문이다.

그때 그 기도,

들어주시지 않길 참 잘하셨어요

"기다려라, 파울로. 단, 기도하면서 기다리거라."

수녀님의 목소리가 다시 들려왔다.

"네가 아주 어릴 때 하고 놀던 점 잇기 놀이 기억하니? 여기저기 아무렇게나 찍혀져 있는 것처럼 보이는 점들을 하나하나 이어가다 보면 코끼리도 나오고 돛단배도 나오지 않던? 지금 너는 그 점들 중 하나를 찍고 있는 거야. 그때 왜 그토록 외지고 낯선 곳에 점처럼 찍혀 있었어야 했는지, 왜 그토록 간절히 기도했는데도 구원의 천사가 구름을 헤치고 나타나지 않았는지를 이해하려면 시간이 조금 흘러야 한단다. 조금 더 나이를 먹고, 몇 발짝 물러서고, 그 점들을 이어서 어떤 모양이 되는지를 보려면 말이야. 지금 당장 네가 원하는 곳으로 가려고 애쓰지 말고 지금 있는 그곳의 가치를 알고, 의미를 이해하면 시간이 흐른 뒤 행복한 큰 그림을 보게 되지. 반드시 그렇단다."

그 역의 대합실에서 소년은 열세 살의 점을 찍고 있었고 그때의 나는 마흔세 살의 점을 찍고 있었다.

"하지만 아이야, 그러려면 충분히 많은 점을 찍어야 한단다. 모험과 좌절을 두려워하지 마라. 더 멀리 가거라. 더 깊은 슬픔, 더 높은 환희, 더 넓은 감동 속에 들어가서 점을 찍어라."

나직했던 수녀님의 목소리가 오케스트라의 지휘자처럼 웅장하고 힘 있게 그 순간을 휘저으며 울려 퍼지고 있었다. 나는 나무처럼 가만히 앉아 생각했다. 열다섯 살의 내가 그토록 원하고 매달렸던 것들 중 '아, 그때 정말 그 기도가 이루어졌더라면 좋았을 텐데.' 하고 지금도 아쉬워 하는 것들이 있던가? 놀랍게도 거의 없다. 아니, 어른이 된 지금도 난 아직 자신이 없다. 경험에 비추어보건대, 할머니가 되어 생각해보면 헛웃음만 짓게 될 것들을 달라고 세상의 모든

신들에게 보채고 있을 확률이 상당히 높다. 나의 모습을 한 그 할머니가 생의 마지막 날에 이르러 비로소 진심 어린 마음으로 무릎을 꿇고 두 손 모아 하는 말이 벌써 들리는 듯하다.

"하느님, 그때 그 기도, 들어주시지 않길 참 잘하셨어요."

시간이 더 흐른 뒤 나는 또 배웠다. 기도는 신에게 하는 것이라기보다는 거대한 나, 혹은 미래의 나에게 하는 상담 같은 것이라고. 끝까지 '나'를 다 살아본 이에게 묻는 질문들이라고.

'지금 나는 이쪽으로 가려 합니다. 왠지 이 길이 끌리는 군요. 당신이 있는 그쪽 끝에서 보면 이 모습이 어떻게 보이나요? 지금의 나를 어떻게 생각하세요?'

그는 조용히 고개를 저을 수도 있고 고개를 끄덕여줄 수도 있지만 많은 경우, 아무 말 없이 당신의 눈을 가만히 바라보며 미소지을 것이다. 신이 늘 그랬던 것처럼. 대답이 들리지 않는 기도에 익숙해져갈 무렵, 꿈꾸는 부족 에버리진을 만났다.

그들에겐 꿈을 꾸는 것이 기도와 같았다. 혼자 기도를 할 때 거짓말을 하는 사람은 없다. 내가 진정 원하지 않는 것을 위해 기도하는 사람도 없다. 마음의 초점을 모으고 또렷하게 갈망하는 것. 일상의 파도에 휩쓸리지 않고 타인의 변덕에 휘둘리지 않고 매달려 있을 수 있는 버팀목을 갖는 것. 그들은 꿈의 형태로 기도하고 꿈 안에서 신의 계획과 만났다. 그리고 강렬하고도 천진하게 '나'를 실현하는 마음의 힘을 믿었다. 행복을 물처럼 꿀꺽꿀꺽 마시고는 불행을 두려워하지 않고 꿈을 향해 걷는 법을 가르쳐주었다. 그들의 메시지는 순수하고 깊었다.

'너는 꿈이며 열쇠다. 세상의 꿈을 이루려 애쓰지 말고 세상이 네 꿈을 이루는 걸 목격해라. 네가 이루어야 할 꿈은 '너'뿐이다. 더더욱 내가 되는 것. 두려움 없이, 흔들림 없이 '나' 안에 뿌리 내리고 '나'를 꽃피우는 것.

몽롱한 현실을 깨고 나와 탁 트인 꿈을 꾸어라.

머리는 구름 위로 띄우고 발은 땅 깊이 뿌리내린 나무처

럼 '나' 안에 우뚝 서 있어라.'

꿈 안에 우뚝 서면 더 이상 행복을 기다릴 필요가 없어진다. 행복을 찾아 떠날 필요도 없어진다. 행복을 신발처럼 신고 다니면서 세상을 신나게 경험하게 되고, 깊이 만족할 줄 알게 되고, 살아 있다는 느낌을 만끽할 수 있게 된다. 행복은 하이힐이 아니라 운동화다. 힘이고, 동사이고, 근육이라서 행복한 사람만이 뛰어 오르고, 춤을 추고, 먼 길을 간다. 즐거움의 감촉이 달라진다. 충만하고, 의미 있고, '나다움'에 벅찬 기분, 그러면서도 기쁘고 홀가분한 마음. 이 하얀 곰처럼 폭신한 마음이 너를 업고 어디든 가줄 것이다.

에버리진들의 마을을 떠나 내가 살던 도시로 돌아오던 길에서 문득 파울로와 수녀님이 다시 떠올랐다. 공항은 사람들로 붐볐고 모두들 어딘가로 스스로를 분주히 실어 나르고 있었다. 또 하나의 점을 찍기 위해서. 나는 아직도 내가 찍어온 점들을 이어 커다란 돛단배를 볼 만큼 자라지는 못했다. 하지만 어느 결엔가 그 점들이 마음속에서 북처럼 따뜻하게 울리는 소리를 듣게 되었고, 대답 없는 기도에 지친 소년의 어깨 위에 놓아주고 싶은 말들이 생겼다. 그리고 아직 어렸던 내 어깨 위에도.

　지금 당신이 손에 들고 있는 것은
　나와 당신의 어린 가슴에 바치는 위로들이다.

해리,

★

천리 앞을 보는 장님

천리안 해리를 만나러 가는 길이었다. 천리안 해리는 말 그대로 부족 중 가장 밝은 눈을 갖고 있는 사람이었으며, 태어날 때부터 장님이었다. 그는 말하자면 '샤먼'이었는데 보통 샤먼과 다른 점이 있다면 그에게는 찾아온 이들의 손을 만져보고 그들의 삶을 읽는 능력이 있었다.

　내가 찾아가던 날, 천리안 해리는 몸이 좋지 않다고 했다. 나이가 너무 들어 요새는 누워 있는 날이 더 많다고 했다. 그 말을 전하던, 그의 아들로 보이는 이는 진심으로 미안해하며 잠시 기다려줄 수 있겠느냐고 물었다.

　"아버지가 깜박 낮잠에 드신 것 같습니다. 깨어나시는 대로 손님이 찾아오셨다고 전해드리지요."

나는 물론 기다릴 수 있었다. 난 그날 세상의 모든 시간을 가지고 있었으므로. 내가 고개를 끄덕이자 그는 그의 아들로 보이는 어린 소년에게 말했다.

"차를 한잔 갖다 드리렴. 그리고 네가 제일 좋아하는 버찌 과자도 내어드려라."

나는 황급히 손을 내저었다.

"아니, 그러실 필요 없어요. 그냥 물만 한 잔 주세요."

그는 단호한 표정으로 아들을 한 번 본 뒤 내게 말했다.

"샤먼에겐 주고받음의 경계가 없어야 해요. 아들에게 그걸 가르치려는 겁니다."

천리안 해리가 낮잠에서 깨어났는지 뒤척이는 소리와 기침소리가 들렸다. 그의 방에 들어갔던 아들은 한동안 두런거리는 말소리 뒤에 나와서 내게 말했다.

"당신을 보시겠답니다."

나는 장님에게 나를 보이기 위해 머리카락을 매만졌다. 침대 모서리에 앉은 해리는 하얗게 늙어 있었다. 하지만 거울 속 자신의 모습을 매일 확인하지 않아도 되는 이만이 가질 수 있는, 나이 없는 표정을 갖고 있었다. 할아버지 분장을 한 소년 같은 그가 정확히 내가 서 있는 쪽을 향해 얼굴을 돌렸다. 늙고 주름진 피부 위로 투명하게 비치는 아이의 얼굴을 보는 것은 신비로운 경험이었다.

나이에 걸맞은 표정과 자세는 대부분 스스로가 주입식으로 가르친다. 끊임없이 또래들과 비교하며 뒤처지지 않도록 무자비하게 몰아붙인다. 아기 엄마들만 성장발육 과정에 민감한 것이 아니다. 아이가 제때에 고개를 가누지 못하면, 뒤집기를 못하면, 말을 떼지 못하면, 걸음마를 못하면 불안해서 어쩔 줄 모르는 엄마들처럼 우리는 스스로가 제때에 엄숙해지고 시들해지고 뻣뻣해지고 완고해지도록 부지런히 정보를 수집하고 세뇌시킨다. 나이에 걸맞은 표정을 짓고, 걸맞은 옷을 입고, 나잇값 하는 목소리를 낸다. 그는 그런 획일적인 셀프 교육 시스템으로부터 자유로웠다. 초원의 대안학교에서 뛰놀며 자란 아이처럼 해맑은 표정이

유기농 채소와 같이 그의 얼굴에서 자라나고 있었다.

그 방에는 딱히 의자랄까, 가구라고 부를 만한 것이 없었기 때문에 나는 그의 발치에 깔린 둥그런 깔개 위에 앉았다. 해리는 어린아이가 하는 식으로 해죽해죽 웃더니 손을 내밀었다. 화덕에서 잘 구운 통밀빵 같은 손이었다. 나는 내 왼손을 그 위에 올려놓았다.

"두우 소온 으을 다아 다아오."

천리안을 가진 장님은 아주 천천히 말하는 사람이었다. 단어를 한 자씩 따로 떼어내어 혀로 한 번 만진 뒤에야 내보내는 것 같았다. 어떤 말도 결코 한 호흡에 뱉어내는 법이 없었다. 그런 식으로 말해진 말들은 돌에 새겨진 듯한 느낌을 주어 따르지 않을 수 없다. 나의 두 손이 얌전히 그의 커다랗고 평평한 손 안에 담겼다. 따뜻하고 거슬거슬하다. 그가 한참 동안 아무 말도 하지 않았기 때문에 나는 불안해졌다. 의사나 점쟁이가 오래 시간을 끈다는 것은 늘 안 좋은 소식이다.

"안 좋은 일이 생기나요?"

그는 고개를 저었다.

"그럼 좋은 일인가요?"

그는 다시 고개를 저었다. 불안은 더 커져갔다. 그러고도 한 5분 동안 아무 말이 없던 천리안의 사나이는 마침내 입을 열어 다시 돌 위에 새기듯이 한 음절씩 말했다.

"모…르…겠…다."

그의 손 안에 있던 나의 두 손이 고아처럼 길을 잃고 울음을 터뜨리려 하고 있었다. 해리는 감싸 안듯 다독다독 말했다.

"슬픈 일과 기쁜 일들이 밀물처럼 몰려왔다가 썰물처럼 빠져나갈 것이다. 그것들은 세상과 널 익사시킬 듯이 삶을 가득 채우다가 어느 순간 흔적도 없이 사라져버릴 거야. 오오, 너는 날뛰는 영혼이다. 즐거움에 깃을 달고 춤을 추다가 다음 순간 비탄에 새카맣게 타버린 네가 보이는구나."

나의 날뛰는 영혼이 또다시 조바심에 날뛰며 다음 말을 기다렸다.

"네 앞날에 어떤 일들이 일어날지는 훤히 보이는구나. 하지만 그 일들이 널 어디로 데려갈지, 네게 어떤 흔적을 남길지, 그 일들이 너를 쓸고 지나간 뒤에 네가 어떤 사람으로 남아 있을지를 알 길이 없어 그런다. 너는 생각이 너무 많아. 그리고 그 많은 생각들이 하나같이 변덕스럽기까지 하다. 그래서 모르겠단 말이다. 네가 알고 싶은 것은 너에게 일어나는 일이지 세상의 일이 아니지 않니?"

마음 깊은 곳의 내가 꿈틀, 하고 놀라는 것이 느껴졌다. 세상에 일어나는 일들과 내게 일어나는 일들. 그 둘은 놀랍게도 별개의 사건이었다. 순간들이 지나간 자리에 남겨진 것들이 '나'였다. 그 사건들이 쓸고 간, 그 시간들이 흘러간 뒤의 흔적들이 '나의 미래'였다. 폼페이의 유적처럼. 화산이 터져 나오고, 용암이 흘러넘치고 모든 야단법석들이 끝난 뒤에 무엇이, 어떤 식으로, 얼마나 오래 남아 '나'를 이야기할지가.

"이 일은 하면 할수록 모르겠다. 사람들은 인생을 깊이 오해하고 있는 것 같아. 그저 무슨 일이 일어날지만 알려

달라고 조르지. 그 일로 인해 정작 자신에게 일어날 일에는 관심이 없어."

그는 끈질긴 오해에 시달리는 우리의 인생을 진심으로 동정하고 있었다.

"그때 그 일은 네가 절망하라고 일어난 일이 아니었는데, 삶이 그런 뜻으로 던진 말이 아니었는데…"

'그때 그 일'이 무엇을 뜻하는지 나는 알고 있었다.

"누군가는 외로워서 책을 쓰고, 누군가는 상처를 잊으려 노래를 부르고, 누군가는 똑같은 상처를 잊으려 도박을 한다. 슬픔을 안고 달려서 마라톤을 완주하는가 하면 누군가는 그 슬픔을 칼처럼 휘둘러 사람들을 상처 입힌다. 어떤 일이 일어날지는 중요하지 않아. 그 일들이 네 안에서 무엇을 불러일으킬지, 널 어디로 데리고 갈지가 네 운명이니까. 너는 지금 슬픔에 빠져 있구나. 그래서 날 찾아온 거고. 그렇지?"

나는 고개를 끄덕였다. 마침 나를 둘러싼 작은 세상에 슬픔의 덩어리가 떨어진 참이었다.

"이 일은 하면 할수록 모르겠다.

사람들은 인생을 깊이 오해하고 있는 것 같아.

그저 무슨 일이 일어날지만 알려달라고 조르지.

그 일로 인해 정작 자신에게 일어날 일에는 관심이 없어.

그때 그 일은 네가 절망하라고 일어난 일이 아니었는데,

삶이 그런 뜻으로 던진 말이 아니었는데…."

"딸아, 말해보렴. 그 슬픔으로 무얼 할 거냐? 너는 슬플 때 무얼 하는 사람이냐?"

슬플 때 무얼 하는 사람인지를 기억해내느라고 나는 한동안 움직일 수 없었다. 움직이는 대신 천리안 해리가 내 앞에 던진 그 말을 가만히 들여다보았다. 그것은 용기가 필요한 일이었다. 아마도 나는 알고 싶지 않았을 것이다. 그걸 알아버리고 나면 어른이 되어야 하니까.

"너는 그 슬픔을 가지고
무얼 할 거니?"

우리는 현실을 창조하지 않는다. 다만 현실을 완성할 뿐
이다. 그것은 분명 크게 다른 일이다. 현실은 밀봉된 박스
에 담겨 우리 앞에 던져진다. 우리는 그 안에 담긴 것들을
창조하기는커녕 고를 수조차 없다. 거기까지가 숙명이다.
어쩔 수 없는 DNA의 대본. 하지만 인간이 스스로 현실을
창조한다고까지 착각할 수 있는 이유는 우리에게 요리사
자격증이 있기 때문이다. 우리는 던져진 재료들로 요리를
할 수가 있다. 그러니까 당신의 재료상자 속에 버터와 달걀
이 빠졌다고 너무 낙심하지 마라. 그걸 받은 다른 이가 만
들고 있는 3단케이크를 바라보지도 마라.

"사람들은 던져지는 덩어리에만 관심이 있다. 그 덩어리로 그들이 무얼 할지가 진짜 운명인데도. '당신은 내년 봄에 교통사고로 오른쪽 다리가 부러지게 될 것입니다.'라고 말하면 사람들은 뛸 듯이 놀라며 절망하지. 그 사고를 막을 수 있는 길은 없다. 분명히 일어날 일이야. 하지만 그 사고로 병원에 누워 지내는 3달 동안 그간 읽지 못했던 책들을 읽고 깊이 있게 생각한 끝에 새로운 삶의 방향을 찾아내는 것도 분명 일어날 일이다. 그가 선택하기만 한다면.

삶이 내민 것은 '일상의 잡음에서 벗어나 오롯이 스스로에게 집중할 수 있는 큼직한 시간의 덩어리'였다. 그런 식으로 던져주지 않으면 절대로 지금 얽혀 있는 소용돌이 속에서 스스로를 건져내어 마음을 말리고 인생의 나침반을 바라볼 사람이 아닌 것을 아니까. '당신은 그 시험에서 떨어지게 될 것입니다.'라고 말해도 사람들은 오해 속에서 버둥거리지.

'어차피 다 정해져 있으니 난 이제부터 아무것도 하지 않겠어요!'라는 말은 인생을 반쪽만 아는 이들이 하는 말이다. 정해진 부분이 있고, 네가 정하는 부분이 있다. 정확히 반반이다. 우리가 드러누워 버리는 대신 스스로를 갈고닦아야 하는 이유가 그 '네 몫'을 해내기 위해서다. 똑같은 노래도 갈고닦은 이가 부르면 공연이 되고 드러누운 이가 부르면 흥얼거림일 뿐이다."

아이들에게 원하는 것은 무엇이든 될 수 있다고 말하지 마라. 그러니까 이를 악물고 그 방향을 바라보며 노력만 하면 된다고 말하지도 마라. 그 대신 나의 도마 위에 무엇이 올려져 있는지를 알고, 받아들이고, 감사하는 법을 가르쳐주어라. 그리고 그것들로 만들 수 있는 가장 근사한 요리를 떠올릴 수 있는 창조력을 심어주어라. 낙천과 배짱을 가진 삶의 요리사로 키워라.

재료들은 불쑥불쑥 우리의 도마 위에 올라온다. 예고도 없이, 전혀 예상치 못했던 순간에. 낙천적이고 배짱 있는 요리사는 날생선 같은 불안이 펄떡이며 도마 위에 올라오면 재빨리 잘 갈아둔 칼로 불안의 배를 가르고 뼈를 발라낸 뒤 끓는 기름에 넣어 노릇노릇 튀겨낸다. 하지만 날생선을 조리하는 법을 배우지 못한 이는 펄떡이는 생선에 놀라 도마 밑으로 숨거나 그 멋진 생선을 쓰레기통에 던져버린다. 귀찮거나 두려워서, 혹은 그게 습관이 되어서 그런 식으로 상황을 종료시키는 것이다. 그때그때 삶이 던지는 재료들로 요리를 할 줄 알아야 한다. 그것이 현실을 완성하는 길이다.

순발력 있고 배짱 좋게 요리하는 법을 익히면 요리사는 더 이상 재료 탓을 하지 않게 된다. 인생을 사는 이는 더 이상 운명을 한탄하지 않게 된다. 모든 순간들이 각각의 의미를 가지고 우리의 도마 위에 올라왔으므로. 오히려 운명이 내 편이라고 느낀다.

언제나 운이 좋은 듯 보이는 사람들도 실은 던져진 상황을 요리하는 테크닉이 뛰어났을 뿐이다. 그는 화덕의 불을 꺼뜨리지 않는다. 늘 칼을 잘 갈아놓고 양념을 신선하게 준비해놓는다. 그래서 그의 부엌에선 늘 먹음직스러운 냄새가 풍긴다. 그들의 삶에는 우연처럼 보이는 행운들이 잇달아 일어나는 것처럼 보이고, 얼핏 불행해 보이는 사건들조차 그의 손 아래에서 조금의 시간이 지나고 나면 행운의 열쇠로 조리되어 올라오는 것이다. 그때 그 오토바이 사고가 없었더라면, 그때 가방을 도둑맞지 않았더라면, 그 회사에서 해고당하지 않았더라면 결코 맛볼 수조차 없었을 근사한 메뉴들로 식탁이 그득하다.

일들은 일어난다. 사건들은 우리에게 와 부딪힌다. 장면들은 눈앞에 펼쳐진다. 우리의 사정을 봐가며 일어나는 일들이 아니다. 하지만 그것들이 의미를 갖기 위해서는 '나'가 필요하다. 완성하고 맛보고 기억할 나. 먹어치우거나 던져버릴 나. 나의 성향, 나의 성격, 그리고 그 모든 것의 바탕이 되는 나의 습관.

눈을 감고 천리 앞을 보는 사람이 묻고 있었다.

너는 그 슬픔을 가지고 무얼 할 거니?

행복을 향해 가지 말고

행복을 신고 가라

그에게 손을 잡힌 채 이야기를 나누는 내내 나는 그의 표정을 따라잡기 위해 안간힘을 써야 했다. 그의 얼굴은 시대와 인종을 종횡무진으로 누비면서 바뀌었다. 아주 여러 번, 아주 많은 곳에서 살아본 영혼만이 지을 수 있는 표정이었다.

해리의 말이 맞다. 내 앞에 일어날 일들이 좋은 일인지 나쁜 일인지는 오직 나만 알 수 있고 결정할 수 있다. 하지만 나는 내 책의 마지막 페이지를 미리 읽고 싶었다. 마침 천리안을 가진 사람이 내 앞에 있으니 이건 꼭 물어봐야겠다.

"그러니까, 저…, 행복해지나요?"

해리는 보이지 않는 눈을 두어 번 껌벅였다. 몹시 난해한 질문을 받은 듯한 표정이었다.

"행복이 어느 날 기차처럼 칙칙폭폭 네 앞에 당도할 것처럼 말하는구나. '기차가 언제쯤 올까요?'라고 지금 내게 묻고 있는 거고. 오늘도 사람들은 양복을 입고, 하이힐을 신고, 졸업장을 움켜쥐고는 플랫폼에 서서 행복을 기다리고 있느냐?"

나는 고개를 끄덕였다.

그는 무언가를 잠시 생각하는 듯하더니 내게 물었다.

"내일 울루루를 떠난다고 했지? 이젠 어디로 갈 거냐?"

아직 티켓을 사진 않았지만 언제부턴가 나는 라다크에 갈 마음을 먹고 있었다. 나의 다음 행선지는 늘 그런 식으로 정해진다. 내가 딴 데 정신을 팔고 있는 사이 길의 요정이 몰래 마음 속에 들어와 '그곳'의 물길을 터놓고 간다. 그 물길이 터지면서 조그맣게 '펑' 하는 소리를 내고, 그 때부터 내 마음에 조금씩 안달루시아가, 치앙마이가, 가루이자와가, 파리가, 라다크가 차오르기 시작한다. 샘에 물이 차듯이 가만가만히. 그 물이 충분히 고여 그곳의 풍경 위에 내 얼굴이 비쳐 보일 때쯤 나는 견디는 걸 포기하고 떠난다.

고백할 것이 있다.

떠날 때마다 내가 몰래 계획하고 꿈꾸었던 것은 부활이
었다. 아니, 변신이었다. 새로운 풍경 속에 나를 던져놓기
만 하면 새로운 내가 껍질을 깨고 나와 날개를 펼 거라 믿
었다. 모나크 나비처럼. 기차역의 플랫폼에 서면, 공항의
출국장에서 풍겨오는 향수의 꽃다발 냄새를 맡으면 내 가
슴은 부풀었다. 이번 여행이 날 그곳으로 데려가 줄지도 몰
라. 수수한 호텔의 외딴 방에 열쇠를 꽂을 때마다 나는 숨
을 멈추고 기도했다. 이곳이기를. 토양과 온도와 습도가 딱
적당해서 마침내 내가 알을 깨고 나와 젖은 날개를 말릴 수
있는 곳이 이곳이기를, 제발.

하지만 낯선 곳에서 눈을 뜨는 아침, 낯선 창밖 풍경을
바라보는 것은 언제나 나였다. 부활은 일어나지 않았다. 기
적은 일어나지 않았다. 이곳이 아니야… 습관이 된 절망은
고독처럼 중독이 되었다. 아무리 낯선 곳으로 날 데려가도

내 마음은 늘 익숙한 노래를 들었다. 낡은 창틀에 기대어 울던 밤들이 잊지 않고 나를 따라다녔다. '세상의 모든 바다를 항해한다 해도 그저 당신의 단조로운 기분 속을 항해하다 온 것뿐이다.'라고 말한 포르투갈의 작가 페소아Pessoa는 분명 이 아침의 절망에 대하여 잘 알고 있을 것이다. 나의 여행은 그 끝나지 않는 실망의 기억이었다. 하지만 나는 마음의 갈증을 어쩌지 못하고 자꾸만 자꾸만 떠났다. 바보같고 무모한 짓이었다. 하지만 그것이 나의 방식이었다. 나는 그런 식으로 밖엔 나를 견딜 수가 없었다. 길 중독자들은 행복하지 않다. 다만 행복으로 가는 길 위에 있다고 대답하기 위해서 떠나고 또 떠날 뿐이다.

나는 해리에게 대답했다.
"라다크에 가려고요."
그 말을 들은 해리는 다시 물었다.
"라다크엔 왜 가려고?"
나는 대답했다.

"거기 가면 행복할 것 같아서요."

해리는 다시 눈을 껌벅였다. 눈을 보는 데 사용하지 않는 그는 눈꺼풀도 다른 용도로 썼다. 물고기의 아가미처럼 뻐끔뻐끔 공기방울과 함께 몸 안에 고인 탄소를 내보내는 용도로. 그리고 물론 그것은 그를 찾아온 이들이 내뱉는 어리석은 질문들을 정화하는 데도 유용했다.

"먼저 행복해져라. 행복해지거든 라다크에 가. 거긴 먼 곳이지 않니? 그 먼 길을 갈 만한 행복이 뱃속에 든든히 차거든 그때 떠나."

먼 길 떠나는 아이를 위해 밥상을 차린 엄마처럼 그는 간절히 그 말들을 내 앞에 밀어 놓아주었다.

"행복한 사람이 되어서 가면 세상 어디든 행복할 거다. 행복은 목적지가 아니라 출발점이다. 신발과 같아. 먼저 신발을 신어야 어디든 갈 수 있지 않니? 밑창이 튼튼한 신발을 신은 사람은 가시덤불이 나와도, 얼어붙은 강을 만나도 웃으며 성큼성큼 건널 수 있다. 불행한 채 어딘가로 간다는 것은 맨발로 길을 떠나는 것과 같아. 그곳에 가면 신겠다고 신발을 머리에 이고 가는 사람들이 얼마나 많은지! 그 맨발로 얼마나 버티겠니? 조그만 자갈돌 하나만 밟아도 그 자리에 주저앉게 된단다."

맨발로, 그것도 상처 입은 맨발로 떠났던 수많은 길들이 떠올랐다. 그리고 그 길에서 날 주저앉게 했던 작은 실망들, 냉담한 말 한 마디, 사소한 불운들이 다시 와 박혔다. 그 쓰라린 시간들을 건너는 동안 내 신발은 트렁크 안에 고이 들어 있었다. '그곳'에 가면 꺼내 신으려고.

불행한 사람은
여행을 미뤄라

행복은 동사라서 행복'하다'고 말한다. 행복'한' 사람이 있고 행복'하게' 해주겠다고 맹세한다. '해야' 한다. 일을 하고, 여행을 하고, 운동을 하는 것처럼 행복도 마음먹고 몸을 일으켜서 '하는' 것이다. 그리고 '하는' 일들이 모두 그렇듯, 자꾸 해볼수록 잘하게 된다. 반복하고 연습해서 몸에 배면 연습을 안 한 이들보다 훨씬 쉽게, 별 힘 안 들이고도 행복'할' 수 있게 된다. 행복'해본' 적 없는 사람은 아무리 신나는 일이 생겨도 머뭇거린다. 기쁨과 환희의 한복판으로 곧장 뛰어들질 못한다. 단 한 벌뿐인 옷, '우울'이 젖으니까.

여행하지 않으면 여행할 수 없다. 행복을 꿈꾸기만 하고 하지 않으면 행복할 수 없다. 행복을 경험할 수 없다. 오늘도 끝없이 계획만 할 뿐 그 여행을 자꾸만 미룬다면 당신은 영원히 로마의 트레비 분수 앞에서 아이스크림을 먹지 못할 것이다.

"행복은 교통사고처럼 네게 일어나는 사건이 아니다. 잘 익은 코코넛처럼 어딘가에 매달려 있는 것도 아니다. 그것은 차라리 맨손 체조에 가깝다. 준비할 것은 아무것도 없다. 하지만 으라차차, 스스로를 일으켜 세워서 '하지' 않으면 영원히 할 수 없다."

공부를 많이 한 사람은 어딘지 모르게 지적인 풍모를 풍긴다. 운동을 많이 한 사람은 한눈에 알아볼 만큼 다르다. 많이, 꾸준히 행복해본 사람도 숨길 수 없는 오라가 있다. 운동이나 공부, 여행을 누군가 대신해줄 수 없듯이, 행복 또한 굉장히 능동적인 활동이다. 행복을 능동사로 바꾸고 나면 누군가가 나타나 나를 행복하게 해주기를 기다릴 필요가 없다.

"행복한 사람이 되어서 가면 세상 어디든 행복할 거다.

행복은 목적지가 아니라 출발점이다. 신발과 같아.

먼저 신발을 신어야 어디든 갈 수 있지 않니?

밑창이 튼튼한 신발을 신은 사람은 가시덤불이 나와도,

얼어붙은 강을 만나도 웃으며 성큼성큼 건널 수 있다.

불행한 채 어딘가로 간다는 것은

맨발로 길을 떠나는 것과 같아.

그곳에 가면 신겠다고

신발을 머리에 이고 가는 사람들이 얼마나 많은지!

그 맨발로 얼마나 버티겠니?

조그만 자갈돌 하나만 밟아도 그 자리에 주저앉게 된단다."

"지금 별로 할 일이 없다면 행복해보는 게 어떠냐?"

내 스마트폰에 메시지 알람이 울리고, 잘 훈련된 파블로프의 개처럼 내 손과 눈이 작은 화면을 향해 달려나가던 순간 해리가 말했다.

"행복이 먼저다. 기억하겠다고 약속해."

신발 끈을 꼭꼭 매어주듯 해리는 내게 다짐시켰다.

"행복의 힘으로 그곳에 가렴. 행복의 등에 업혀서가 아니면 우리는 진정 원하는 곳에 닿을 수 없어. 행복을 향해 달리지 마라. 행복을 신고 달려라. 좀 더 가치가 있는 것을 향해 달려. 고통도, 지겨움도 견딜 가치가 있는 일들이 분명히 있단다. 그곳에 가서 행복하겠다고 불행을 연장시키지 마라. 그건 사람들이 평생 저지르는 실수다. 행복을 기다리며 삶을 낭비해버리는 어리석음을 저지르지 마라."

신발은 신고 가는 것이지 품에 안고 가는 것이 아니었다. 멀고 깊은 그 주소에 가 닿으려면 튼튼한 신발을 신어야 한다. 당신도 언젠가 그 길을 떠나게 될 때 참고하기를.

"어디까지

행복해본 사람인가요?"

"얘야, 지금 사랑하는 사람이 있니?"

해리가 불쑥 물었다. 나는 그가 장님이라는 사실을 잊고 고개를 가로저었다.

"누군가를 사랑하게 되거든 말이다. 아니, 또 어떤 바보가 나타나서 널 행복하게 해주겠다고 하거든 말이다….."

나의 머리와 가슴이 그의 쪽으로 바짝 다가섰다. 해리는 여전히 돌에 새기듯 천천히 말했다.

"그가 널 얼마나 행복하게 해줄 수 있는지를 묻지 말고, 그가 얼마나 행복해본 사람인지를 물어보렴. 사람은 스스로 행복해본 만큼만 다른 이를 행복하게 해줄 수 있단다. 여행 가이드와 같아. 그는 그가 알고 있는 행복의 깊이까지만 널 데려가줄 것이다. 안 가본 길로는 갈 수 없는 법이다. 다음엔 어디까지 행복해본 사람인지를 반드시 확인해라."

사랑과 행복은 노력의 문제가 아니라 경험의 문제였다. 해리는 말을 이었다.

"2달 전에 헤어진 그와는 헤어지길 잘했다. 그는 행복한 사람이 아니었어. 널 사랑했지만 행복으로 가는 길을 몰라 너의 손을 잡고 이리저리 헤매기만 했다."

눈 감고도 나에 대해 이토록 많은 것을 알 수 있다니! 나는 놀라움에 입을 다물 수 없었다. 알고 보니 해리의 감은 눈은 암실에 드리운 커튼이었다. 사진을 현상하려면 빛 한 점 들지 않는 방이 필요하다. 그 사람과 지내는 시간 동안 느꼈던 알 수 없는 불안과 혼돈의 정체가 비로소 사진처럼 또렷이 보였다. 해리가 그 완벽한 어둠의 현상액에 담갔다가 꺼내주던 그 순간에. 그는 선하고 지적인 사람이었지만 행복의 지도를 갖고 여행하는 사람이 아니었다.

깊이 사랑받아 보고, 행복의 힘으로 아주 먼 곳까지 가보고, 두려움 없이 존재를 쭉 뻗어본 이에게 사랑받고 싶다는 열망이 솟아올랐다. 아니, 다음 순간 마음을 바꿨다. 나부터 노련한 행복의 가이드가 된 뒤에 사랑을 꿈꾸기로. 이제부턴 아주 튼튼한 밑창을 댄 신발을 신고 여행하는 사람이 되기로. 멋지고 편안한 신발이 생기면 냉큼 내가 먼저 신고 축제의 거리를 향해 달려나가기로. 이기적으로 보일지 몰라도 미래의 파트너에게 행복의 구석구석을 여행해본 이의 사랑을 선물해주려면 이 방법밖에 없다. 내가 행복해본 만큼만 널 행복하게 해줄 수 있을테니까. 누가 될지는 모르지만 너, 굉장히 운이 좋은 거야. 지금은 나 먼저 힘을 기를게. 그래서 언젠가 널 만나면 세상에서 가장 멋진 풍경 속으로 데려가줄게.

  여행은, 당신을 어디로도 데려다주지 못한다. 외로운 이는 결혼을 미뤄라. 더 외로워질 테니. 불안한 이는 여행을 미뤄라. 거기선 더 불안해질 테니. 스스로가 싫은 이도 여행을 미뤄라. 여행지에선 '나 자신'밖에 상대할 이가 없으니. 행복한 여행이란 행복한 곳으로 떠난 여행이 아니라 행

복한 사람이 떠난 여행이다. 스스로와 사이가 좋아진 뒤에
여행하면 어딜 가든 햇살이 비칠 것이다. 그 볕을 쬐며 여
행하는 이는 비가 와도 젖지 않는다.

말을 마치고 나서 한동안 숨을 고른 뒤 천리안 해리는 문
득 생각난 듯 내게 물었다.

"몇 살이냐?"

이럴 때마다 내가 좀 더 어렸으면 하고 바란다. 그에게
좀 더 무모하고, 어리석고, 순진한 숫자를 이야기할 수 있
으면 얼마나 좋을까! 하지만 난 이미 요절하기엔 너무 나이
가 들어버렸다.

"마흔다섯이에요."

그의 얼굴이 크리스마스트리처럼 밝아지는 것이 보였다.

"아아, 어리기도 하구나! 아직 새 우표로다. 널 붙이면 꿈
은 어디로든 갈 수 있단다."

20년 만에 들어본 '어리다.'는 말에 기쁘다기보다는 혼란
스러워서 나는 희미하게 웃었다.

"그러니까 땅 위에서 마흔다섯 해를 보냈구나. 그런데 그 중 네가 '살아본' 시간은 얼마나 되지?"

그는 내가 나의 시절을 보내보았는지를 묻고 있었다.

"네 안에서 '나'를 느끼며 자유롭고 안락하게 세상구경을 해본 경험이 얼마나 되느냐? 시계의 시간은 의미가 없다. 살아본 시간만이 너의 나이를 이야기해줄 수 있어. 통장에 돈이 두둑이 들어 있어도 널 위해 쓸 수 있는 돈이 아니라면 무슨 소용이냐? 삶을 너를 위해 써라. '사는 데' 써라. 세상의 비위를 맞추다가 늙어버리지 말고."

나를 살기 위해 써본 시간. 다행히도 나는 그렇게 써본 시간의 기억이 있었다.

시간은 우유처럼
우릴 키운다

스물일곱 살이었고 1999년이었다. 노스트라다무스와 밀레니엄 버그가 세상은 그 해에 끝난다고 외치고 있었다. 세상의 꿈을 위해 나를 탕진하며 지쳐가던 나는 그 모든 발버둥을 그만두기로 했다. 그리고 인도로 떠났다. 그 1년 동안 나는 시간이 날 쓰도록 힘을 빼고 둥둥 떠 있었다. 텅 빈 비닐봉지처럼 나를 채운 공기가 흘러가는 대로 나부끼며 지냈다. 아, 그리고 기차. 역과 기차, 갠지스. 흘러가는 것들이 보이면 무작정 올라타고 흐름이 끝나는 곳에 내려서는 무작정 머물렀다. 그 텅 빈 시간의 샤워는 씻김굿처럼 날 씻기고 모공을 열어 숨 쉬게 했다. 그리고 젖을 먹여 키워주었다. 그곳에서 내게 최초로 젖을 준 것은 락슈미라는 이

름의 암소였다. 그녀는 콜카타의 기차역인 하우라역 기둥에 매어져 있었다.

인도의 기차역엔 떠나는 이보다 머무르는 이가 더 많다. 역에 눌러 살면서 구두를 닦거나 튀김 과자를 팔거나 구걸을 하는 '하우라 원주민'들. 그중 누군가는 암소를 기둥에 매어두고 매일 젖을 짜서 차이를 만들어 팔면서 역 대합실에서 두 아이를 키우기도 한다. 그 암소의 주된 식사는 여행객들이 먹고 버린 바나나와 망고 껍질이었다.

그때 나는 하우라역에서 울고 있었다.

누군가가 내 어깨를 톡톡 쳤다. 유난히 까만 피부의 인도 여인이었다. 스무 살이나 되었을까? 아직 소녀라고 불러도 좋을 만큼 어려 보였지만 품에 젖먹이로 보이는 아기를 안고, 등에는 그보다 조금 커 보이는 아이를 헝겊으로 칭칭 동여매 업고 있었다. 인도에서 이런 풍경은 아주 흔하다. 이들에겐 무언가를 주면 된다. 주머니 속을 헤집어 동전을 찾으며 젖은 눈으로 올려다보는 나를 향해 그녀는 생긋 웃어 보였다. 그러더니 스스럼없이 내 손을 잡아끌었다. 무방비 상태일 때 불쑥 내미는 이런 친밀함에 대항할 길은 없다. 그녀는 미아보호소로 데려가듯 날 그녀의 암소 곁으로 데려갔다. 그리고 비로소 말했다.

"울지 마."

왜 우느냐고 묻지 않았다. 내가 우는 게 세상에서 가장 당연한 일이라는 듯. 그녀는 우리가 울어야 하는 그 많은 이유들을 모두 알고 있는 듯했다. 그리고 이 별에서 누군가 울고 있다면 달래주는 것만이 서로의 몫이라는 것도.

"맛있는 차이 끓여줄게. 앉아."

나는 역 바닥에 내 배낭을 내려놓고 그 위에 앉았다.

"신성한 암소의 젖을 넣어줄게. 이 암소는 락슈미 여신의 화신이야. 그녀의 젖을 먹으면 누구나 마음이 송아지처럼 자라. 너는 그냥 마음이 어린 것뿐이야. 그래서 우는 거야. 젖을 달라고."

암소는 커다란 눈망울로 날 보았다. 하우라역의 암소가 날 바라보던 10초 남짓한 시간. 마음의 목소리가 입을 다물고 그 눈동자가 시키는 대로 유순한 평화에 몸을 맡겼다. 암소의 눈망울은 여전히 내가 울 때마다, 눈가에 주름이 지고 지친 마흔다섯의 젖먹이를 바라본다.

'또 너냐? 왜 아직도 역 바닥에서 울고 있어?'

헤아릴 수 없을 만큼 많은 기차역에서 마셨던 그 많던 차이 컵들을 고스란히 모아 가져오지 못했던 것을 나는 아직도 후회한다. 그 쓸데없는 스카프들과 옷들, 먼지 묻은 신발들 대신 그 컵들을 차곡차곡 트렁크에 넣어 왔더라면, 그래서 흙으로 빚은 시간의 옹이들로 벽 한 면을 장식할 수 있었더라면. 그 벽을 지날 때마다 나는 다시 기억하고 자랄 수 있었을 텐데. 그 모든 작고 깊은 시간들이 모여 날 다시 젖 먹여주었을 텐데. 한 잔에 90원이었다. 흰 터번을 쓴 차이 왈라들은 내게 시간을 팔았다. 우유와 설탕이 들어간 그 시간들을 입안에 머금고 나는 자랐다.

나의 어린 후배들이여, 지금 그대가 몇 살이건 이 '시간

"신성한 암소의 젖을 넣어줄게.

이 암소는 락슈미 여신의 화신이야.

그녀의 젖을 먹으면 누구나 마음이 송아지처럼 자라.

너는 그냥 마음이 어린 것뿐이야.

그래서 우는 거야.

젖을 달라고."

의 샤워'를 받지 못했다면, 아직 충분히 크지 못한 것이다. 왜 태아는 어머니 자궁에서 자라는가? 세상의 그 누구도, 어떤 사건도 손댈 수 없는 은밀한 동굴 안에 웅크려야만 우리는 클 수 있기 때문이다. 하다못해 손가락이 부러져도 우선 단단한 석고로 감싸 상처받은 손가락을 세상과 격리시킨다. 그래야 낫기 때문이다. 회복과 성장은 오로지 평화와 시간 속에서 이루어진다. 그러니 당신이나 나처럼 이미 태어나버리고 난 뒤에는 스스로 자궁의 시간을 주어 키워야 한다. 버킷리스트를 위해 모아둔 돈이 있다면 뉴욕에서 일주일간 탕진해버리는 대신 어딘가 수수하고 은밀한 세상의 구석에서 고요한 열 달의 시간을 사길, 이 선배는 권한다.

"너의 꿈에

우표처럼 붙어 있어라."

"마흔다섯이라고! 어리기도 하구나. 아주 선명한 새 우표
로다…"

시간을 마시던 추억에 잠겨 있던 내게 한 번 더 이 말을 하
고 난 뒤 천리안 해리의 얼굴이 문득 웅덩이처럼 깊어졌다.

"내게도 딸이 하나 있었다. 그 애는 끝내 자기 꿈을 찾지
못하고 삶을 낭비해버렸어. 늘 코요테에게 쫓기는 다람쥐
처럼 다른 이의 꿈에 쫓겨 달리다가 벼랑으로 떨어져버렸
지. 그 애는 누구보다 열심히 살았지만 언제나 혼란스럽고
불안해했다."

그 이야기가 왠지 익숙한 게 슬퍼서 나는 고개를 떨구었다.

"그 애가 살아있다면 지금쯤 네 나이겠구나…"

그의 말끝이 울음에 잠겨 들었다.

"애야, 네 꿈에… 우표처럼 붙어 있거라…. 이 아비의 소원이다."

그가 그의 딸을 떠올리던 그 순간, 난 나의 아비를 떠올리고 말았다. 그도 낭비된 우표였다. 그는 크고 웅장한 주소가 적힌 우편물들에 자신을 붙였지만 한 번도 그가 꿈꾸던 문전에 도달하지 못했다. 그는 결정적으로 오래 붙어 있질 못했다. 조금이라도 더 높고 화려한 주소가 눈에 띄면 그 위로 옮겨 붙었다. 붙였다 떼고 붙였다 떼는 동안 우표는 너덜너덜해졌고, 더 이상 어디에도 붙일 수 없을 만큼 끈끈이가 말라버렸다. 말년의 그는 낭비된 우표의 쓸쓸함을 견디지 못하고 스스로를 흉포하게 찢으며 지냈다. 나는 아직도 그를 용서하지 못한다. 그런 식으로 떠나버린 것을. 날 그토록 사랑하지만 않았어도 나의 용서는 훨씬 쉬웠을 것이다. 그의 장례식은 그가 가장 귀여워하던 막내딸 없이 치러졌다. 내가 그를 위해 쓴 묘비명은 내 가슴에만 새겨져 있다. '키 작은 야심가, 천하를 꿈꾸다 술에 취해 잠들다.' 그는 틀림없이 이 묘비명을 마음에 들어 했으리라. 특히 '야심가'와 '천하' 부분을. 그는 이런 허황되고 웅장한 말들을 좋아했다.

"딸은 별을 사랑했고 은하수 안에 숨어 있는 커다란 거북의 꿈을 꾸는 아이였다. '꿈에 무엇을 보았니?' 나는 나의 아버지가 나에게 물었던 것처럼 손을 잡고 어린 딸에게 묻곤 했지. 그러면 그 아이의 심장이 기쁨으로 달아오르는 것이 손끝까지 전해졌다. '큰 바다거북을 보았어요.' 딸은 온몸을 반짝이며 그 거북이 헤엄치던 별들의 바다 이야기를 했지. 거북의 꿈을 꾸는 사람은 느리게 여행해야 해. 경쟁하고 달리는 것은 거북의 사람에게 맞지 않아. 거북은 걸으면서 쉬고, 쉬듯이 헤엄쳐야 해. 나는 그 아이가 그 꿈에 붙어 지내길 바랐다. 서두르지 않아도 되는 인생을 살길 바랐다. 시간의 모래 속에 한쪽 발씩 담그면서 유유히 거닐다가 가길 바랐다. 그것이 거북이 누리는 가장 큰 축복이니까. 하지만 딸은 가난을 싫어했어. 총명하고 머리가 좋았던 그 아이는 자신이 세상에 나가 무엇을 얻을 수 있을지를 알았다. 사춘기가 지나면서부터 자신이 바다거북 따위가 아니라고 믿고 싶어 했다."

가슴이 타들어 가, 나는 묻지 않을 수 없었다. 내가 오래도록 궁금해 하고 안타까워하던 부분을 그가 건드렸기 때문에.

"왜 꿈꾸는 이들의 땅은 가난한가요? 인도인들도, 나바호 인디언들도, 에버리진들도… 왜 이토록 아름다운 이야기를 가진 이들이 이토록 가난해야 하나요?"

해리는 그윽하고 너그럽게 웃었다.

"꿈을 꾸고, 상냥해지고, 신을 발견하는 것은 시간이 굉장히 많이 드는 일이란다. 그러려면 돈을 벌거나 누굴 속일 시간이 없다. 애야, 누가 로켓을 발명했는지, 누가 달에 가장 먼저 발자국을 찍었는지, 누가 제국을 통일했는지, 누가 가장 많은 햄버거를 팔았는지는 중요하지 않아. 그런 건 진정한 역사가 아니다. 백인들이 자랑스레 떠벌리는 자기 파괴의 역사일 뿐이지.

우리를 인간답게 하는 것은 그런 데 관심이 없었던 사람들의 이야기이다. 그 격변의 시기에, 그 발전의 소용돌이 한가운데에서 누가 의연하게 더 높은 곳을 바라보며 꿈을 꾸고 있었는지 궁금하지 않니? 다들 더 갖겠다고 아우성칠 때 고요히 차나 한 잔 하면서 마음의 안부를 묻던 이들의 이야기를 듣고 싶지 않니?"

시간을 재단하여 옷을 만들어 입는 방식은 사람마다 다를 것이다. 고대 그리스의 귀족들이 그랬던 것처럼 치렁치렁하게 몸에 걸쳐 입는 방식은 굉장히 사치스러운 것이다. 그러려면 넉넉히 쓸 수 있는 시간이 아주 많아야 한다. 우아한 주름을 잡아 대리석 바닥 위에 물결처럼 늘어뜨리고 다니려면.

철학적이고 종교적이며, 영성이 발달한 삶을 산다는 것은, 몸에 딱 맞게 입는 옷이 아니다. 시간의 비단으로 휘감아 입는 옷이다. 산업혁명부터 시작된 서구의 라이프스타

일은 사람들에게 가장 먼저 시간을 재단하는 법을 가르쳤다. '시간은 돈이다.'를 외치며 가계부 쓰듯 타임 플래너를 쓰게 했다. 행여나 느긋하게 주름 잡아 시간을 걸치고 있는 사람이 보이면 어김없이 이렇게 닦달했다.

"이런, 시간을 낭비하고 있군요! 여기 《성공하는 사람들의 7가지 습관》 책을 읽어보세요. 멍하니 하늘을 바라보다니! 그 10분의 시간을 활용하면 당신은 엄청나게 많은 일을 해치울 수 있답니다."

옷의 솔기는 점점 더 타이트해졌고 사람들은 숨 쉬기조차 불편할 정도로 딱 맞는 시간 안에 몸을 끼워 넣고 지내는 법을 배웠다. 그런데 재단해내고 남은 그 많은 시간의 자투리들이 다 어디로 갔는지는 아무도 궁금해 하지 않는다. 이상하지 않은가? 아껴둔 시간도 쓰지 않은 돈처럼 금고에 차곡차곡 쌓이는 게 아니었나? 하늘을 바라보지 않은 시간들이, 꿀풀의 냄새를 맡느라 꾸물거리지 않은 시간들이, 이불 속에서 몽롱하게, 꿈의 경계에서 서성거리길 포기했던 아침들이 진공포장 되어 있다가 봉지만 뜯으면 다시 김을 모락모락 내며 내 앞에 펼쳐지는 게 아니었나? 때가 되면 이어 붙어서 풍성한 여왕의 드레스를 맞춰 입으려고 아껴둔 그 시간의 자투리들이 다 어디로 갔지?

확실한 것은, 꼭 끼는 양복을 입고 누군가 달리는 동안 물레방앗간의 한량은 스스로의 행복을 위해 받은 옷감을 썼다. 에버리진들도, 나바호 인디언들도, 인도의 명상가들도 시간 사치가 심한 귀족들이었다.

해리는 딸을 눈앞에서 보듯 말을 이어갔다.

"딸은 붉은 흙을 떠나고 싶어 했다. 도시의 아파트에서 새로 나온 컴퓨터로 게임을 하며 살고 싶어 했다. 그 아이에게 멜버른의 대학에서 장학생으로 선발되었다는 연락이 오던 날, 나는 왠지 모를 공포에 휩싸였다. 그 대학에서 공부하여 딸은 외과의사가 되겠다고 했다. 끔찍이도 피를 무서워하던 아이였는데. 나의 공포에도 아랑곳없이 그 아이가 멜버른으로 떠나던 날, 나는 이 편지를 딸의 손가방에 넣어주는 것밖엔 할 수 있는 일이 없었다."

해리는 베개 밑에 놓인 상자 속을 더듬어 헝겊처럼 낡은 종이 한 장을 내게 건네주었다.

여행을 하는 바다거북을 위한 지침

흐름에 몸을 맡기고 헤엄칠 것.
방향을 잃지 말 것.
위기가 닥치면 껍질 안에 웅크리고 낮게 가라앉을 것.
오래 생각할 것.
우아하게 나이들 것.
멀리 여행하되 잊지 말고 네 바다로 돌아올 것.

"1년에 단 이틀, 대학 기숙사가 문을 닫는 크리스마스에만 딸은 마지못해 울루루로 돌아왔다. 그때마다 손을 잡아보면, 딸의 마음은 해가 다르게 수척해져 있었다. 그래서 한 번은 딸을 붙잡고 물었지.

'얘야, 꿈에 무엇을 보았니?'

'꿈이요?'

아이는 어이가 없다는 듯 말했지.

'잠잘 시간도 없어요, 아버지.'

'그래도 가끔씩은 꿈을 꿀 것 아니냐?'

딸은 한숨을 쉬더니 내뱉듯 툭툭 말하더구나.

'시험지를 받았는데 아무것도 모르겠는 꿈이라면 자주 꿔요. 아니면 해부학 실험실에서 혼자 밤을 새는 꿈을 꾸거나. 그럴 때면 침대에 누워 있는 시체의 머리카락이 꼭 제 것 같아서 소스라쳐 깨곤 해요.'

그 아이는 거북의 땅을 너무나 멀리 떠나 있었다. 그런데 그거 아니? 너는 네 땅을 떠날 수 있지만 그 땅은 너를 떠나지 않는다. 네가 꿈에게 자리를 내어주지 않으면 꿈은 네 마음속에서 너에게 너의 땅으로 돌아가라고 속삭인다."

그 목소리에 귀 기울이지 않고 눈을 질끈 감아버리면 그 목소리의 주인은 언젠가 우릴 반드시 찾아내어 문을 두드릴 것이다. 칼 융은 그것을 '무시당하고 상처받은 신이 들이닥친다.'고 표현했다.

아침에 눈을 뜨면 황량한 기분이 들고, 불안하고 허무해서 무언가를 먹거나 의미 없는 행동을 하고 있는가? 하지만 그 기분이 어디에서 오는지, 왜 그토록 만족스럽지가 않은지 모르겠다면 당신은 당신의 땅을 떠나 있는 것이다.

그 비슷한 이야기를 또 들은 적이 있다. 한 정신과 의사로부터. 마음 깊이 원하는 일을 하지 않으면 가장 먼저 기분이 망가진다고 한다. 왠지 언짢은 기분, 뭔가가 잘못되어가고 있다는 이상한 예감에 휩싸여 살아가게 된다고. 낮은 소음같이 깔린 그 예감을 무시한 채 지내면 이번엔 몸이 망가진다고 했다.

"내가 당신에게 꼭 전해야만 하는 소식이 있는데 아무리 편지를 보내도 답장이 오지 않으면 전화를 걸고, 신호가 아무리 여러 번 울려도 전화를 받지 않으면 직접 찾아가 문을 두드리지 않겠어요?"

"너의 꿈은 네가 가야 할 곳을 알고 있다. 네가 닿아야 할 곳의 주소를 이미 써 붙이고 있다. 그러니 너는 그저 우표처럼 그 꿈에 붙어 있어라. 원하는 곳에 도착할 때까지 단단히, 너의 꿈에 우표처럼 붙어서 가라."

그는 내 왼손의 엄지손가락에 붉은 실을 두어 번 돌려 묶어주었다.

"기억의 실이란다."

나는 손가락 위의 실을 바라보며 그 붉음 속에 '기억'이란 말이 스며들기를 기다렸다.

"기억해야 할 것을 기억하는 실이야. 이걸 볼 때마다 네게 무언가 기억해야 할 것이 있다는 사실을 기억하거라."

망각은 얼마나 집요한가, 우리의 기억은 얼마나 허술한가.

"하지만 언젠가 이 실에도 너는 익숙해질 것이다. 만약이 실을 보고도 멈칫, 마음속에서 무언가를 끄집어내지 않는 순간이 오거든 실을 풀어버려라. 그리고 다른 색 실로좀 더 두껍게 다시 묶어라. 몇 번이라도. 반드시 눈에 띄고낯선 표식을 지녀라."

지금 내 엄지손가락에 묶여 있는 실은 이틀 전, 열여섯

여행을 하는 바다거북을 위한 지침

흐름에 몸을 맡기고 헤엄칠 것.

방향을 잃지 말 것.

위기가 닥치면 껍질 안에 웅크리고 낮게 가라앉을 것.

오래 생각할 것.

우아하게 나이들 것.

멀리 여행하되 잊지 말고 네 바다로 돌아올 것.

74

번째로 다시 묶은 것이다. 녹색, 파란색, 보라색, 노란색들을 돌아 우연히도 다시 붉은색 실이다. 그리고 나는 기억한다. 내겐 꼭 이루고 기억해야 할 것이 하나 있음을.

파루、

★

꿈을 지키는 사람

그는 처음부터 나를 좋아하지 않았다.

"글쟁이? 흥! 우리 이야기를 종이에 박아서 돈을 벌려고? 그래서 우리 꿈을 훔치러 왔구먼! 어림없어, 이건 파는 물건이 아니야. 백인들이 들어와 땅을 뺏어가더니 이젠 당신 같은 글쟁이들이 몰려와서 우리 꿈까지 파가려고 하는군. 도대체 언제쯤 만족을 할 거요, 응?"

날 그에게 데려갔던 친구 케이는 난처한 표정이 되어 내게 설명했다.

"몇 년 전부터 미국과 캐나다의 기자들, 인류학자들이 부쩍 이곳 부족민들에게 관심을 보이면서 인터뷰를 하러 몰려왔었거든. 엉클 파루는 가장 유서 깊은 부족 장로인 데다

영어까지 완벽해서 다들 그를 취재하고 싶어 했지. 엉클 파
루도 처음엔 외부인들에게 자신들의 꿈 이야기를 들려주는
걸 기쁘게 여겼었는데…. 왠지 어느 순간부턴가 마음을 닫
아버린 것 같아."

나는 슬픔을 느꼈다. 엉클 파루를 위해서, 나를 위해서,
서로를 오해하면서 점점 고독해져 가는 우리를 위해서.

"저는 기자도 아니고 인류학자도 아니에요. 그냥 길 잃은
꿈 때문에 외로운 한 사람일 뿐이에요."

내 말에 그는 조금 누그러진 얼굴을 했지만 여전히 문을
닫아건 채 말했다.

"우리 꿈은 당신에겐 아무 의미 없을 거요. 이건 대대로
할아버지의 할아버지로부터 물려내려 온 회중시계 같은 거
야. 우주 속에서 똑딱똑딱 울리며 우리 부족만의 시간을 알
려주지. 당신들은 이따금씩 우리에게 몇 시쯤 되었느냐고
물을 수는 있소. 하지만 그 시계까지 달라고 해서는 안 되
는 거요. 이제 돌아가시오."

나는 돌아갔다. 그리고 그다음 날 다시 찾아갔다. 이번엔

케이도 없이 혼자서. 엉클 파루는 햇볕이 내리쪼이는 붉은 마당에 앉아 담배를 말고 있었다. 나를 흘끗 보고도 인사도 않는 그의 옆에, 나는 허락도 없이 털썩 주저앉았다. 흙 마당에 엉덩이를 붙이고 앉는 것은 아주 오랜만이었다. 하지만 내게도 마당의 시절이 있었다. 엄마가 마당에 빨래를 널면 나뭇가지로 땅에 그림을 그리며 개미를 보던 유년의 기억이, 어지러이 널린 '나'의 경험들 밑바닥에 바탕화면처럼 깔려 있었다. 이불 홑청의 솔기에서 똑똑 떨어지던 물방울, 그 물방울 자리마다 짙은 갈색으로 빵처럼 부풀어 오르던 고운 흙. 긴 머리카락을 날리며 아직 처녀 같던 엄마가 부르던 '엄마야 누나야 강변 살자…'. 내 마음이 지칠 때면 자꾸만 돌아가 눕는 그곳이 마당이어서일까, 흙바닥에 오도카니 앉아 멍하니 구름을 바라보며 쿠카바라새의 노랫소리를 듣는 일이 하나도 낯설지 않았다.

엉클 파루와 나는 그렇게 한참 동안 마당을 나누며 앉아 있었다. 그러다 어느 순간 혼잣말을 하듯 그가 중얼중얼 무언가 이야기하기 시작했다. 그것은 가락이 실려 노래 같기도 했고, 한숨이 섞여 탄식 같기도 했다.

"내 이름은 파루 렌달롭. 나는 아난구아무투 부족 야뭄무의 아들이며 우리는 울루루의 것이오. 울루루는 세상에서 가장 큰 바위라오. 만약 당신이 바위의 사람이면 그 바위를 본 순간 알게 되지. 당신이 울루루의 것이라는 걸. 우리 부족은 4만 년 전부터 여기 붉은 땅에 살고 있었소. 당신들이 '옛날 옛날에'라고 말하는 그 시절보다 더 아득한 시절부터, 전설보다 까마득한 옛날부터 우리는 여기에 있었소. 언제나 있었지. 알렉산더가 천하를 통일할 때도, 클레오파트라가 뱀에 물려 죽을 때도, 예수가 물 위를 걸을 때도 우린 이 흙 위에 앉아 있었소. 그런 일 따위엔 아랑곳없이 우리로 남아 있었다오. 순간을 살며 땅과 하나 되어 그저, 있었소.

여기 이 붉은 흙의 땅에서, 지독히 덥고 지독히 아름다운 이곳에 뿌리내리고, 지구상에서 가장 오래된 사람들의 사는 방식을 일구어왔소. 그저 잔잔히 모든 것 속에 있다 가는 것. 들꽃도, 나무도, 덤불도, 모래도 우리의 가족이었지.

너와 내가 없었소. 우린 모두가 서로에게 뿌리내리고 얽혀 있었으니까. 우리의 아버지들과 할아버지들은 우리를 앉히고 오직 한 가지만을 가르치셨소. '성장한다는 것은, 어른이 된다는 것은 너를 둘러싼 모든 것들과 하나 되어 사는 법을 배운다는 뜻이란다. 그래서 에버리진은 결코, 결코 외롭지 않다. 어디에 있건 너는 혼자가 아니다. 삶은 완벽하단다. 그저, 감사하며, 있어라.'"

"행복을 추구하는 순간,

당신은 불행해질 것이오."

　사람이 태어나고 죽는 것은 생물학의 영역이지만 살아가
는 것은 철학의 영역이다. 에버리진들은 삶과 죽음의 사이
에 카니니Kanyini를 이야기한다. 카니니는 세상 모든 것에
대한 사랑과 책임을 의미하는 단어이다. 그 안에는 4가지
큰 줄기가 있는데, 규범과 질서를 존중하는 추쿠파Tjukurr-
pa, 가정과 공동체를 책임지는 귀라Ngura, 사랑하는 이들을
돌보는 왈챠Waltyja, 신과 자연에 대한 예의를 지키는 쿠룬
파Kurunpa가 그것이다. 그 사랑 안에서 책임과 감사를 느끼
는 것만이 울루루의 아이들에게 주어진 숙제였다.

　그 시절을 추억하듯 엉클 파루는 만족스런 미소를 지으
며 말을 이었다.

"나는 덤불 속에서 태어난 아이였소. 내겐 옷이 없었고 내 부모님도 옷을 입지 않았지. 우리는 나무처럼 벌거벗고 지냈소. 캥거루도, 에뮤도 벌거벗은 우리 부족이었소. 우리는 땅 위를 물처럼 걸어서 흘러 다녔소. 황야를 건너고 벌판을 가로지르는 동안 어디서 잘지, 무엇을 먹을지를 걱정할 필요가 없었지. 구르는 낙엽이 무엇을 지어 올린단 말이오? 첫 동이 뜨기도 전에 우린 떠날 텐데. 두 손에 들고 걸을 수 없는 것은 우리 것이 아니었지.

우리가 행복했냐고? 아니! 우린 충만했소. 행복 같은 건 느낄 필요가 없었소. 행복은 당신네들이 콜라, 초콜릿 바와 함께 가져온 말이오. 우린 행복할 필요가 없었소. 엄마 품에 안겨 젖을 빠는 아기에게 커피나 술이 필요하지 않듯이. 당신들은 무언가를 깊이 오해하고 있소. 행복을 추구하고 행복을 찾는다고? 추구하고 찾아야만 얻을 수 있는 것은 당신 것이 아니오. 어렵게 얻는다 해도 언젠가는 당신을 떠날 것들이오. 오른쪽 눈을 찾아 여행을 떠난 적이 있소? 어머니의 사랑을 얻기 위해 연구하고 실험한 적이 있소? 진정한 '당신 것'은 처음부터 거기 있는 거요. 잃지 않도록 마음을 쓸 뿐, 그걸 얻으려 애쓸 필요가 없어야 당신 거요.

행복을 추구하는 순간, 당신은 불행해질 것이오. 행복을 '추구해야 할 것'으로 만들어버렸기 때문이오. 행복은 누리는 것이오. 숨처럼 쉬는 것이오. 느끼고 기억하시오. 그저 '이미 있다.'는 것을 기억하시오.

어느 날 여덟 살 난 내 손녀가 학교에서 돌아와, '할아버지, 난 이담에 커서 좋은 일도 많이 하고 행복해질 거예요.'라고 말하는 걸 듣고 얼마나 놀랐던지! '얘야, 넌 지금도 좋은 일을 충분히 많이 하고 있고 굉장히 행복하단다. 넌 우리 가족의 햇살이야.' '할아버진 아무것도 몰라! 행복한 여자는 하이힐을 신고 쇼핑을 해야 해요. 반짝거리는 차에 아이들과 개를 태우고 다니고…' 아마도 그 애는 백화점 카탈로그에 '행복'이란 말과 함께 실린 사진을 보았던 것이겠지. 백인들이 얻으라고 닦달하는 그런 식의 행복을 손에 넣기 위해서 얼마나 많은 불행을 짊어져야 하는지는, 왜 아무도 가르쳐주지 않는 거요?"

그는 허파에 고인 오염된 행복의 찌꺼기들을 토해내려는 듯이 크게 심호흡을 몇 번 한 뒤 말했다.

"우리는 그냥 '있고' 싶소. 지금껏 그래왔던 것처럼. 할아버지가 가르쳐주신 것처럼. 덤불 속에서 붉은 흙을 깔고 앉은 채 나뭇가지와 열매, 새들을 보고 싶소. 계절이 지나가는 것을 두 뺨으로 느끼고, 비가 오면 젖고 싶소. 행복도, 불행도 건드릴 수 없는 느긋한 자리에 앉아서 삶이 나를 통과해가는 것을 느끼며 그저 '있고' 싶소."

'있던' 자리에서 일어나, 스트레스를 받으면 행복해질 수 있다고 백인들은 흙 위에 앉아 있던 사람들을 다그쳤다. 더 많은 초콜릿 바를, 더 많은 플라스틱 의자를, 더 많은 신경안정제를 가질 수 있다고.

하이힐을 신고 비싼 물건을 사 들이고,

번쩍이는 차에 아이들과 잘 손질한 개를 태우고 다니기 위해

하루 10시간 이상씩 원치 않는 일에 시달리면서도,

그때그때 치유하고 관리해서

몸과 마음에 생채기 하나 없이 지내기까지 해야 하니,

이건 거의 서커스에 가까운 라이프스타일 아닌가.

행복하지 않아도 될 자유는
어디로 갔는가?

행복의 의무로부터, 버킷리스트로부터 벗어나 산 다람쥐
나 개암열매처럼 담담하게 대롱대롱 매달려 그냥 계절 속
에 익어갈 수 있는 사치는 어디로 갔는가? 우리가 애초부
터 누리고 있었던 그 위풍당당한 '아무렇지도 않음'의 권리
는, 그 한가롭고 홀가분한 마음자리는 어디로 갔는가?

이제 우리는 그 모든 걸 해내면서 그 와중에 행복까지 해
야 한다고 스스로를 닦달한다. 하이힐을 신고 비싼 물건을
사 들이고, 번쩍이는 차에 아이들과 잘 손질한 개를 태우고
다니기 위해 하루 10시간 이상씩 원치 않는 일에 시달리면
서도, 그때그때 치유하고 관리해서 몸과 마음에 생채기 하
나 없이 지내기까지 해야 하니, 이건 거의 서커스에 가까운

라이프스타일 아닌가.

그것은 현대 사회의 음모와 같다. 행복은 얕은 물이다. 맥주의 거품이다. 스쿠버다이빙 마스터이자 세상 모든 술에 조예가 깊었던 프랑스인 피에르는 깊은 물에 들어가길 무서워하는 내게 이렇게 말한 적이 있다.

"만약 당신이 삶의 얕은 물가에서만 찰방거리다 간다면 '행복'하겠지요. 옷을 적실 걱정도 없고요. '돈 워리 비 해피'의 세상이란 그런 겁니다. 또, 맥주의 거품만 핥는다면 쓴맛 없이 맥주의 향기를 느낄 수 있겠지요. 하지만 맥주에 취할 수는 없습니다. 존재 속으로 깊이 파고들 때 물은 깊어집니다. 위험할 수 있어요. 그래서 인생을 더 깊이 살려면 헤엄치는 법을 배워야 합니다. 맥주에 취하려면 쓴맛을 즐기는 법을 배워야 합니다. 거품 밑바닥에 감춰져 있던 황금빛 액체가 쌉쌀하게 목을 넘어오고, 몸속 깊은 곳의 갈증이 풀리면서 근사한 취기가 뺨을 달구는 것을 느끼려면요. 헤엄치는 법을 배우게 되면 깊은 물속에 온 몸을 던져 넣고 그 물을 헤치고 나갈 수 있게 됩니다. 물론 다리에 쥐가 날 수도 있고 해파리에 쏘일 위험도 있지만, 얕은 물가에서 찰방거리던 때와는 비교할 수조차 없는 경험을 하게 되지요."

얕은 행복감은 정제한 흰 설탕과 같아서 한순간 혈당이 치솟는 쾌감을 주지만 그 느낌이 15분을 넘지 못한다. 위에 오래 머무르면서 뼈와 근육을 이루는 것은 단백질이다. 충만한 느낌, 나 안에서 편안한 느낌, 의미 있는 일을 하고 있다는 만족감들이 바로 그 단백질이다.

"위대한 사상가들, 종교가들, 작가들, 예술가들이 늘 '해피'하진 않았을 겁니다. 그들은 오히려 보통 사람들보다 더 큰 고뇌와 불안, 결핍에 시달립니다. 프로 다이버들이 잠수병에 시달리듯이. 하지만 그렇다고 해서 수영과 맥주를 포기하는 이는 없습니다. 그들은 깊은 물의 세계를 흠모하고, 그 안에서 금광을 캐고, 존재의 의미를 찾기 때문에 불행한 창조의 방석 위를 떠나지 않는 것입니다. 단언컨대 그들 중 어느 한 사람도 '해피'한 얕은 물가자리와 지금의 자리를 바꿔 앉지 않을 것입니다."

'나는 지금 행복한가?' 대신 '나는 지금 충만한가?'라고 물어야 할 때인지도 모른다. '지금 이 순간을 나를 위해 쓰고 있는가?', '지금 끌어안고 있는 고통이 나의 고통인가?', '눈물 흘리며 삼키고 있는 이것이 내가 꾼 꿈의 깨진 조각들인가?', '나는 내 꿈에 우표처럼 붙어가는 중인가?' 이 질문들에 '예스!'라고 대답하기 위해 마음을 모아야 할 때인지도 모른다.

힘들고, 피곤하고, 상처받은 순간에도 나다운 의미로 충만하다면 당신은 행복한 사람이다. 꿈으로 가는 길 위에서 만나는 의미 있는 우연들은 작은 표식처럼 우릴 안심시킨다. 가다 보면 이따금씩 마법 같은 일들이 일어나고, 내가 기다리던 바로 그 사람이 먼저 와 날 기다리고 있을 때가 있다. 그럴 때면 천사가 '잘 가고 있어. 걱정 마!'라며 머리를 살짝 쓰다듬어주는 것이라고 믿는다. 지금은 모든 것이 혼란스럽고 진흙 구덩이에 빠진 것 같아도 괜찮다고, 이 방향이 맞다고. 그런 표식들이 가끔씩 반짝이면 우린 안심하고 진흙 속에서 허우적댈 수 있다. 혼란과 진흙이 의미를 갖는 것이다. 이것이 의미의 힘이다. 우리는 의미 안에서 안전하다고 느끼며 스스로 가치 있다고 생각한다. '해피'와는 격이 다르다.

얼마 전부터 전 세계적으로 홀whole 푸드 열풍이 불고 있다. 자연 그대로의 음식을 통째로 섭취하자는 움직임이다. 도정하지 않은 통곡물을 먹고 사과도, 고구마도 껍질째 먹으라고 권한다. 열성분자들은 사과꼭지와 씨까지 꼭꼭 씹어 먹어야 신이 사과 안에 담은 모든 영양을 고스란히 섭취할 수 있다고 주장하기도 한다. 고구마와 쌀, 사과의 속살에는 당분이 많이 들어 있지만 껍질의 섬유소가 혈당이 급격히 높아지는 것을 막아주고, 단단한 질감으로 여러 번 씹는 동안 뇌에 만족감을 전달한다. 그 심리적 부분까지 고려한 것이 사과, 고구마, 귀리, 쌀의 오리지널 디자인이다. 모든 것이 균형에 맞도록 신이 머리를 써서 낱개포장 해준 것이다.

경험들도 껍질째, 씨까지 먹는 유기농 사과처럼 우리 앞에 매달린다. 하지만 우리는 손이 닿는 낮은 곳에 달린 열매만 따서 껍질을 벗기고, 속살만을 먹는다. 그렇게 영양부족에 걸린다. 우리가 중독된 달콤한 순간의 감정을 감싸고 있는 그 모든 거칠고 단단한 섬유질까지 통째로 음미하고 소화해낸다면, 그 경험은 건강한 영양소가 되어 우리 안에 오래 머물 것이다.

"최고의 경지는 다이빙입니다. 존재의 가장 깊은 곳까지, 때로는 바닥까지 들어갔다 나올 수 있는 테크닉 말입니다. 귀가 먹먹하도록 깊은 그 물 밑에서 '행복'할지는 알 수 없습니다. 하지만 분명 다른 차원의 경험입니다. 여기서 핵심은 '다시 나온다.'는 겁니다. 그 깊은 물속에서 보았던 풍광을 간직한 채 다시 물 밖으로 나오는 것. 그리고 다시 땅을 딛고 살아가지만 다른 느낌으로 살아가는 것."

그런다고 뭐가 달라지냐고? 나는 여전히 나일 텐데 그게 다 무슨 소용이냐고? 나는 '더' 내가 된다. '나'의 영역이 넓어진다. 아마도 당신은 평범하고 열등감을 갖고 있으며 끈

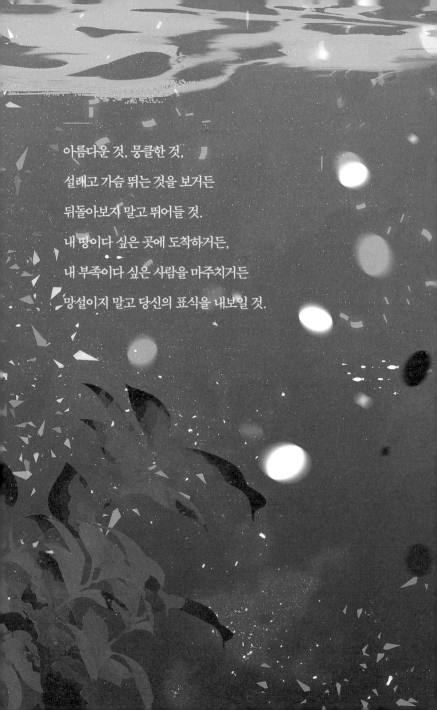

아름다운 것, 뭉클한 것,

설레고 가슴 뛰는 것을 보거든

뒤돌아보지 말고 뛰어들 것.

내 땅이다 싶은 곳에 도착하거든,

내 부족이다 싶은 사람을 마주치거든

망설이지 말고 당신의 표식을 내보일 것.

그 안에서 모든 것이 젖을 때까지
스스로에게 아무 말도 하지 말 것.
그것이 '나'의 확장이며 성장이다.

기 없는 사람일 것이다, 나처럼. 하지만 그 노을은 꼭 봐야 한다. 그 기막힌 노을을 본, 평범하고 열등감을 갖고 있으며 끈기 없는 사람이 되기 위해서. 마음 한곳에 그 노을의 기억을 깔고 평범한 일상을 다시 헤쳐나가기 위해서. 그것은 크게 다른 일이다.

아름다운 것, 뭉클한 것, 설레고 가슴 뛰는 것을 보거든 뒤돌아보지 말고 뛰어들 것. 내 땅이다 싶은 곳에 도착하거든, 내 부족이다 싶은 사람을 마주치거든 망설이지 말고 당신의 표식을 내보일 것. 그 안에서 모든 것이 젖을 때까지 스스로에게 아무 말도 하지 말 것. 그것이 '나'의 확장이며 성장이다. 이미 당신의 몸이 성장을 마쳤다면 DNA의 역할은 끝났다. 거기서부턴 당신의 몫이다. 안으로 자라고, 밝아지고, 더 깊어지는 것.

"우리가 평생 찾아 헤매는 것은 삶의 의미가 아니라 살아 있다는 느낌입니다. 다이빙을 하세요."

피에르는 황금빛 맥주가 출렁이는 잔을 높이 들어 건배를 하듯 외쳤다.

버킷리스트보다 급한 건

독버섯리스트

엉클 파루는 담배 연기를 깊이 빨아들였다가 안개처럼 낮게 천천히 내뿜은 뒤 처음으로 날 똑바로 바라보았다. 이 질문을 던지기 위해서.

"독버섯을 가려내는 법을 알고 있소?"

나는 그가 무엇을 묻고 있는지 몰라 멍하니 그를 마주 바라보았다.

"우리 할아버지는 언제나 말씀하셨지.

'시간을 들여 널 기쁘게 하는 것들을 찾아라. 그리고 더 긴 시간을 들여 널 아프게 하는 것들을 찾아라.'

인생에서 독버섯을 가려낼 줄만 알면 당신은 한가롭고 유유할 수 있소. 그렇게 많은 것들을 가지지 않아도 충만하고 풍족한 느낌 속에서 지낼 수가 있지. 당신들이 안달하고 집착하는 것들이, 알고 보면 거의 다 독버섯을 삼키고 탈이 나서 떠는 법석들이오."

서른 살이 되기 전에 해야 할 30가지 일들, 죽기 전에 여행해야 할 100곳, 죽기 전에 먹어 봐야 할 지상 최고의 음식⋯. 버킷리스트는 종종 방학숙제처럼 우릴 괴롭힌다. 죽기 전에 해보고 싶은 일들을 하는 것도 중요하지만, 죽어도 하고 싶지 않은 일들을 안 하는 것은 더욱 중요하다. 군인들도 정글에서 살아남는 법을 배울 때 가장 먼저 독버섯 가려내는 법을 배운다. 색깔이 고운 독초, 먹음직스럽게 유혹하는 독성 과일들과 함께.

이제 '독버섯리스트'를 작성해보지 않겠는가? 무슨 일이 있어도 하기 싫은 일들, 아무리 외로워도 곁에 두고 싶지 않은 사람들 목록을 작성해보자. 차라리 굶을지언정 내 몸에 들여서는 안 되는 경험들. 단호하게 그것들을 지킨다면 최소한 정글에서 앓아눕진 않을 수 있다.

한번 발을 잘못 들여놓으면, 그 길에서 헤어 나오기 위해 먼 길을 돌아가야 한다. 한번 잘못된 관계에 빠져들면, 그 상처에서 헤어 나오는 데 거의 평생이 걸리기도 한다.(충분히 세게 떨어지기만 한다면, 돌멩이 하나가 호숫물을 영원히 흔들 수도 있다.) 독버섯을 해독하는 데 소중한 시간과 에너지를 탕진해버리는 것이다.

인생에서 독버섯을 삼켰을 때 가장 흔하게 나타나는 증상은 '해놓은 것 없이 나이만 먹는 느낌'이다. 그토록 바빴는데도! 그러면 우리는 혼란에 빠지고, 급한 마음에 색깔과 모양이 비슷한 독버섯을 몇 개 더 삼키기도 한다. 그리고 또 다시 급한 일들의 소용돌이에 빠진다. 급한 일들은 우릴 늙게 한다. 가슴이 타들어가고 웃을 여력이 없다.

무엇보다, 급한 일이 생기면 중요한 일을 미루게 된다. 급한 일 때문에 바빠서 소중한 일을 못하고 넘어간다. 그래서 그토록 바빴는데도 해놓은 것 없이 마흔이 되고 쉰이 된다. 중요한 일을 급하게 했어야 했는데! 하지만 소중하고 중요한 일은 우릴 다급하게 몰아붙이지 않는다. 급한 일은 우릴 헐떡이게 하고, 중요한 일은 우리가 깊은 숨을 쉬도록 한다. 손길을 가다듬게 하고 천천히 마음을 모으게 한다. 그걸 해내는 과정이 돌을 깎는 것처럼 힘들다 해도 조각가처럼 매 순간을 음미하고 즐길 수가 있다. 몸은 고되지만 인생이 쉽다는 느낌이 든다. 단, 그 돌을 택한 것이 자신이어야 한다.

여기 똑같은 돌덩이를 깎고 있는 두 사람이 있다. 자신이 고른 돌을 깎고 있는 이는 조각가이고, 타인의 돌을 깎고 있는 이는 노예다. 노예는 주인이 눈만 돌리면 망치를 내려놓고 딴전을 피우지만, 조각가는 먹는 것도 잊고 작업에 심취한다.

내가 원하지 않는 것은 선택하지 않을 힘, 가슴 뛰지 않는 일엔 발을 들여놓지 않을 용기, 내 마음에 들지 않는 사람과는 얽히지 않을 배짱. 그게 있는 사람은 몸과 마음을 독버섯으로부터 지켜낼 수 있다. 그래서 그 힘으로 소중한 것들을 찾아 나서고 누릴 수 있다. 두려움이나 피해 의식에 오염되지 않은 꿈에 우표처럼 붙어 있을 수 있다. 힘은 그런 데 써야 한다.

내가 스무 살이 되기 전에 누군가 내게 이걸 가르쳐줬더라면! 닥치는 대로 부딪히고, 해보고, 날 아프게 하는 사람들과 얽이다가 상처투성이가 되기 전에. 사는 법을 이제야 배우다니!

아니, 가만 생각해보니 삶은 이미 오래 전에 내게 그것을 가르쳐준 적이 있다. 내가 배우지 않았을 뿐이다. 밥 안 먹는 아이의 뒤를 숟가락 들고 따라다니는 엄마처럼 삶은 나를 살뜰하게 챙기고 있었다. 내가 도리질을 치고 도망가 버리면 인내심 있게 기회를 보아서 다시 내 밥 위에 시금치를 얹어 내민다. 몇 번이고.

잊어버리고 있었다. 16년 전 다람살라에서 나는 똑같은 질문을 던졌었다. 그리고 그 질문을 받은 이도 엉클 파루와 똑같은 대답을 했었다. 그 대답을 해준 이는 까르마파였다.

17대 까르마파 오겐 틴레 도르제는 세계에서 가장 영향력 있는 20대로 선정되면서 2001년 〈타임〉지의 표지를 장식하기도 한 슈퍼스타이다. 그가 내게 내어줄 수 있는 시간은 아주 짧았다. 그나마 운이 좋았기에 잡을 수 있었던 기회였다. 그때 다람살라 현지 수행원 중 한 사람이 한국인이었기에 특별히 접견인 명단에도 없던 나를 슬쩍 끼워 넣어주었던 것이다. 나는 가슴이 부풀었다. 그 수행원은 내게 말했다.

"까르마파께서는 딱 하나의 질문만을 받으실 것입니다. 그리고 그 질문에 답을 안 하실 수도 있습니다."

단 하나의 질문만을! 온몸의 힘줄과 근육이 그 하나의 질문을 쥐어짜기 위해서 웅크렸다. 내게 이런 선택을 하게 하다니. 인색한 램프의 요정 지니도 기회를 3번은 주지 않았던가. 나는 궁리하고 고뇌했다. 여러 가지 질문들이 서로 중요하다고 싸워대는 통에 접견을 취소하고 도망갈까도 생각했다. 선택의 고통이 없는 곳에 가서 하늘에 흐르는 구름을 바라보며 크림을 잔뜩 얹은 커피를 마시고 싶었다. 어떤 질문을 해야 하는가? 알아야 하는 것들과, 별 필요는 없지만 알고 싶은 것들이 연처럼 머릿속에서 어지러이 날아다녔다.

까르마파를 접견하러 가는 길은 웅장했다. 세계 각국에서 온 추종자들이 흰 비단 스카프를 손에 들고 길 양옆으로 끝없이 늘어서 있었고, 맨드라미꽃처럼 깃을 세운 모자를 쓰고 사프란색 가사를 걸친 라마승들이 매머드처럼 커다란 나팔을 뿌우뿌우 불며 징을 울렸다. 존귀한 이가 밟을 땅과 들이쉴 공기를 정화하기 위해 3일 전부터 피워댄 향의 연기가 두툼하게 깔려 인간들의 발등을 덮어버리는 통에 구도자들도, 땅콩장수들도 구름 위에 떠다니는 것 같았다. 존귀한 이가 머무는 동안 그 거리는 이 세상의 것이 아니었다.

내가 접견자 대기실에서 기다리는 동안 수행원이 이것저것 주의사항을 일러주었다. '잠깐씩 올려다보는 것은 좋지만 까르마파의 얼굴을 정면으로 뚫어져라 보지 마십시오.', '당신의 머리가 그분의 머리보다 높아지지 않도록 매 순간 조심하십시오.', '속어나 은어가 섞이지 않도록 말을 골라가며 여쭙십시오.' 등등….

고상한 비단 두루마기를 입고 앉아 있던 까르마파는 통통한 얼굴의 젊은이였다. 나의 차례가 왔고, 나는 주의사항을 어기고 까르마파의 눈을 빤히 바라보면서 준비해간 흰 비단 스카프를 내밀었다. 나의 당돌함에 전혀 동요하는 기색 없이 그는 스카프를 받아 내 목에 걸어주었다. 그리고 질문을 기다리는 듯 가부좌를 틀고 눈을 감았다. 나는 그에게 물었다.

"행복해지려면 어떻게 해야 하나요?"

눈 감고도 알 수 있는 걸 물었다는 뜻일까? 눈도 뜨지 않은 채 그는 답했다.

"아무것도 하지 않으면 됩니다."

그리고 나의 시간이 끝났다. 스카프를 걸어주는 시간까지 포함해서 30초도 채 지나지 않았다. 내가 준비해간 것보다 훨씬 고급으로 보이는 비단수건을 들고 갈구에 찬 표정으로 들어오는 다음 구도자들에 떠밀려 나는 썰물의 조약돌처럼 밀려 나오고 말았다.

'이게 뭐야…' 나는 어이없고 허무해서 인사도 없이 그 자리를 떠났다. 나는 스물아홉 살이었고 아직 세상에 많은 것을 바라고 있었다. 그러니까, 드라마를! 그토록 애달프게 바라고, 기다리고, 조바심을 냈으니 좀 더 웅장한 결말이 기다리고 있어야 하지 않겠는가. 이렇게 하찮은 조약돌 취급을 당하다니.

"아무것도 하지 않으면 된다고? 바로 이렇게 말이지?"

나는 홧김에 침대 위에 몸을 던지고 게스트하우스 천장의 꽃무늬를 향해 씩씩거렸다. 행복해지기는커녕 상실감은 더 커져만 갔다. 그때 까르마파가 준 메시지가 내 안에서 또렷한 모양으로 떠오를 때까지 16년이 걸렸다. 또 한 사람이 눈을 감은 채 말해줄 때까지. 행복이란, 그걸 찾겠다고 이리저리 날뛰다가 독버섯을 삼키거나 덫에 걸리지 않은 사람이 누리는 안온하고 평안한 마음자리라는 것을.

행복의

번거로움에 관하여

엉클 파루는 쯧쯧쯧 혀를 차며 말을 이었다.

"당신들이 말하는 행복은 자연스럽지가 않소. 백인들이 들고 들어온 행복은 웨딩드레스나 풀 메이크업, 최고급 레스토랑의 코스요리나 턱시도, 보석이 박힌 하이힐처럼 불편해. 물론 사람들은 그런 것들을 원하고, 기억하고, 사진 찍고, 자랑하지만 언제나 그걸 입고 지낼 순 없지. 그러니까 항상 행복한 사람이 없는 거요. 행복을 아주 피곤하고 번거롭게 만들어버렸어."

나는 그의 말에 깊이 동감했다. 확실하고 내세울 만한 행복을 느끼려면 얼마나 번거로운지!

미국 노동통계청의 조사에 따르면, 사람들이 설문조사

에서 가장 높은 행복도를 느낀다고 응답한 활동은 그룹 스포츠, 가족모임, 종교활동 또는 봉사활동이었다. 그런데 이 연구가 재미있는 건, 조사 대상이 된 미국인들의 거의 모두가 그 '행복한' 활동을 하는 데 그다지 열을 올리지 않는다는 데 있다. 그 대신 아무도 가장 행복한 활동으로 꼽지 않은 일들을 하면서 대부분의 여가 시간을 보낸다고 사람들은 응답했다. TV를 보거나 손톱을 물어뜯거나 그냥 멍하니 앉아 있는 것이다. 이상한 일 아닌가? 사람들은 가족들과 화기애애하게 식탁에 둘러앉아 이야기꽃을 피우고, 농구 코트에서 땀을 흘리고, 교회 사람들과 어울려 독거노인들을 돌보러 뛰쳐나가지 않았다. 그토록 행복한 일들인데도! 틈 날 때마다 행복하려 들기보다는 그저 가만히 있으려 들었다. 코드를 뽑아 버린 진공청소기처럼.

결국 우리는 행복에 그다지 목메지 않는 족속이라는 사실이 드러난다. 아니면 행복의 정의를 새롭게 내려야 할 때인지도 모른다. '좋은 일이 있는 상태'가 아니라 '번거로움이 없는 상태'로. 엉클 파루의 말대로 마음에 걸리는 일이

나 당장 바쁘게 처리해야 할 업무 없이 마당에 앉아 '그냥 있을 수 있는' 헐렁한 시간에 우린 늘 목말라 있는지도 모른다.

별다른 기쁜 일도 없고 즐거움에 가슴이 뛰는 것도 아니지만, 딱 피부처럼 안온한 마음의 온도. 그 담담한 36.5도의 기분에 들어앉아 있으면 우린 어디로도 가고 싶어지지 않는다. 에버리진들이 누렸던 유기농의 '그냥 있음' 상태가 바로 그런 거였다. 행복을 추구하지 않아도 되는 사람만 누릴 수 있는, 숙제 없는 오후의 한가로움.

암 전문의이며 호스피스 요양원에서 오랫동안 일했던 닥터 토비 캠벨Toby Campbell은 자신의 환자들을 인터뷰하며 한 가지 공통점을 발견했다. 그들은 지쳐 있었다. 운이 좋을수록, 부유할수록 더욱 그랬다. 자신을 사랑하는 사람들에게 둘러싸여 있고, 원하는 모든 것을 누릴 수 있을 만큼 돈이 많을수록. 그들은 짧게 남아 있는 삶의 시간들을 단 한 순간도 낭비하지 않기 위해 전력질주하고 있었다. 시험

바로 전날 벼락치기 공부를 시키듯, 주위 사람들은 그가 행여 빠뜨리고 떠나는 버킷리스트가 없도록 촘촘하게 계획을 짰고 곧 신 앞에 서서 '인생 말 시험'을 봐야 하는 말기 암 환자에겐 선택의 여지가 없었다. 바보 같이 암이 들이닥칠 때까지 미뤄왔던 경험들을 회오리바람처럼 해치우는 수밖에. 정말로 오늘이 마지막 날일지도 모르니까. 그렇게 지쳐가고 있었다. 환자들은 캠벨에게 이렇게 호소했다.

"가족들에게 정말 미안한 일이지만…, 아무것도 안 하고 싶어요. 가만히 내 안에 가라앉아서 지나왔던 길들과 느껴왔던 감정들을 되새김질하고 싶어요. 다시 한번 죄책감 없이 그냥 시간을 흘려보내 보고 싶어요. 스무 살의 일요일 아침처럼. 전날 밤 진탕 퍼마셔 멍한 채로 라디오를 틀어놓고 아무렇게나 누워 지난밤의 파티를 찬찬히 되새김질하며 천장을 바라보는, 그런 일요일 아침의 기분 아시지요? 영원히 살 것 같았던 그 기분."

나도 기억한다. 여행지에서 정신없이 이것저것 구경하며 수천 장의 사진을 찍고 난 다음 날, 억수같이 비가 내리는

'시간을 들여 널 기쁘게 하는 것들을 찾아라.

그리고 더 긴 시간을 들여 널 아프게 하는 것들을 찾아라.'

내가 원하지 않는 것은 선택하지 않을 힘,

가슴 뛰지 않는 일엔 발을 들여놓지 않을 용기,

내 마음에 들지 않는 사람과는 얽히지 않을 배짱.

그게 있는 사람은 몸과 마음을

독버섯으로부터 지켜낼 수 있다.

그래서 그 힘으로 소중한 것들을 찾아 나서고 누릴 수 있다.

두려움이나 피해 의식에 오염되지 않은 꿈에

우표처럼 붙어 있을 수 있다.

힘은 그런 데 써야 한다.

바람에 어디에도 갈 수가 없어질 때면 느껴지던 기묘한 안도감을. 호텔 방에 놓여 있는 싸구려 인스턴트커피를 마시며 비 내리는 창가에 앉아 어제의 사진을 한 장씩 들여다보던 아침들을. 오븐을 여는 순간의 빵 냄새처럼 피어오르던 진짜 추억의 냄새. 차갑던 버터가 녹아 빵을 적시듯 경험이 몸으로 스며드는 순간. 낯선 풍경이 내 것이 되는 황홀. 비가 내리거나, 기차가 연착되거나, 비행 스케줄이 취소되지 않으면 스스로에게 선사하지 않았을 시간. 씹고 맛보고 삼켜서 내 안에 품는 시간. 내 경험은 그런 식으로 완성되어 내 안에 자리 잡았다. 오늘이 내 삶의 마지막 날이라면, 나도 그 기분을 하루 더 느끼다 가고 싶을 것이다. 영원히 살 것처럼 느긋하게 창가에 앉아서.

활동하기 위해서는 활동하지 않는 시간이 필요하기 때문에 우리는 잠을 잔다. 다음 식사 때까지 음식을 먹지 않는 것도 소화를 위해서다. 우리는 활동으로부터, 음식으로부터 에너지를 얻지만 상처도 받는다. 마음을 움직이고, 생각을 움직이고, 몸으로 표현하고, 말을 뱉어내고, 다양한 음식들을 삼키고, 타인이 던진 말과 시선들을 받아내는 모든 행위들이 우리 안에 어떤 식으로든 멍과 스크래치를 남긴다. 가보지 않은 곳에 가고, 새로운 것들을 경험하는 것도 흥분과 상처를 동시에 남긴다. 그래서 긴 여행 뒤엔 반드시 병 든 사자처럼 동굴에 틀어박혀 홀로 앓을 시간이 필요하다. 세상으로부터 치유될 시간이 필요한 것이다.

"당신들은 가만히 앉아 가진 것을 누릴 줄 몰라. 그렇게 날뛰다가 행복의 덫에 걸리게 되지. 인간에게 가장 해로운 발명품이 행복과 노력이오. 행복하겠다고 노력까지 하고 있으니 최악의 조합이지."

매 순간 행복해지지 못해서 안달하고, 노력이 부족해서 불행한 거라 믿고 있었던 나는 안과 밖을 뒤집는 그의 말을 삼키느라 숨이 가빠졌다.

"헐떡거리지 말고 놓고 앉아봐. 볕이 이렇게 좋고 붉은 흙이 이렇게 폭신하잖아."

나는 놓고 앉았다. 행복을 찾아가겠다는 열망을 내려놓

은 뒤 찾아온 것은 놀랍게도 해방감이었다. 그 느낌을 표현하기에 '자유'는 너무 무겁다. 숭고해서 따라붙는 것들이 너무 많다. 그것은 차라리 홀가분함, 가벼움, 실없는 웃음이었다.

버킷리스트를 완수하려고 당장 소파에서 일어나지 않는 당신을 이해한다. 버킷리스트는 이룰 때보다 상상하고, 만들고, 검색하는 동안이 더 행복하니까. 편안하고 안전하니까. 그 자리에서 왜 떠나겠는가?

인생의

주인공이 될 필요가 없는 이유

붉은 흙 위에 앉아, 아무것도 아쉬울 것 없는 이만이 지을 수 있는 표정으로 볕을 받고 있는 엉클 파루는 아름다웠다.

한 가지, 솔직히 짚고 넘어가야 할 것이 있다. 에버리진들은 아름답지 않다. 아니, 할리우드 영화에 세뇌된 우리의 눈이 '아름답다.'고 반응하는 신체적 특징 중 어느 것 하나도 갖추고 있지 않다고 말해야 할 것이다. 미국 원주민인 인디오들은 누가 봐도 매력이 철철 넘쳐흐른다. 굳이 포카혼타스를 끄집어낼 필요도 없다. 강철 같은 근육질의 몸매에 우뚝 솟은 코, 타오르는 눈빛…. 아프리카 원주민인 마사이족은 어떤가? 에버리진보다도 피부가 검고, 똑같이 벌거벗고 지내지만 그들은 빼어나게 아름답다. 비현실적일

정도로 훤칠하고 늘씬하여 모델계에서도 열광한다. 멀리 갈 것도 없다. 호주 바로 옆 나라인 뉴질랜드 원주민인 마오리족만 보아도 어찌나 멋지게들 생겼는지 모른다. 종려나무처럼 우람하고 길게 뻗은 팔다리, 흐드러진 꽃처럼 굽이쳐 흐르는 머리카락, 큼직큼직 깊어서 빨아들일 것 같은 눈, 코, 입….

그런데 호주 원주민이자 우주의 배꼽이라 불리는 울루루에서 역사보다 먼저 태어나 살고 있는 원주민인 에버리진들은 그런 식으로 아름답지는 못하다. 그저 흙에서 막 솟아난 야트막한 둔덕 같다. 흙처럼 검붉은 피부에 몸은 둥글고 평평하다. 그들이 땅을 사랑하는 만큼 땅도 그들을 있는 힘껏 끌어당기고 있는 게 분명하다. 다른 인종들보다 중력의 영향을 6~7배쯤 강하게 받는 듯 양 볼과 가슴, 엉덩이와 배가 땅으로 출렁이며 흘러내린다. 코는 축 처진 두 뺨 사이에 납작하게 눌려 퍼져 있고, 머리카락은 둔덕을 덮은 풀처럼 거슬거슬하게 두피에 돋아 아무렇게나 햇빛에 바래고 바람에 흔들린다.

그것도 모자라 땅을 더 닮고, 땅에 더 바짝 붙어 있고 싶어 하는 에버리진들은 흙을 개어 몸에 바르고 땅에 주저앉아서 펑퍼짐하게 지내는 것을 좋아한다. 춤을 추어도 땅을 바라보며 낮게 춘다. 춤을 추려고 마지못해 엉덩이를 땅에서 떼고 일어서긴 하지만 끝내 땅을 외면하진 못한다. 학예회 무대 위에서 엄마만 바라보며 춤을 추는 유치원 아이들처럼. 그래서 그들의 춤은 볼 만한 것이 전혀 못 된다. 구부정하게 몸통을 굽히고 팔을 늘어뜨린 채 행여 땅이 잠에서 깰까 두려워하는 것처럼 머뭇머뭇 소심하게 움직이다 그나마 얼른 그만둔다.

인디언 추장처럼 새의 깃털로 화려한 왕관을 만들어 쓰고 높이 뛰어오르거나, 아프리카의 여인들처럼 영롱한 구슬로 온몸을 치장하는 것은 상상도 할 수 없는 일이다. 그들은 풍경 속에 묻히고 싶어 한다. 풍경 속에 녹아들어 누가 땅이고, 무엇이 나인지 모르게 되는 것이 그들이 꿈꾸는 가장 패셔너블한 경험이다.

흙에 반쯤 묻힌 채, 나머지 반쪽은 꿈에 묻은 채 지내는 삶에 깊이 만족한다. 그들은 '내가 인생의 주인공이다.' 혹은 '이 세상은 나의 무대이다.'라는 말을 이해하지 못한다. 그들은 주인공이 되어야 할 필요성을 느끼지 못한다. 오색 찬란한 쿠카바라새나 높이 나는 독수리, 경쾌히 뛰어 땅을 가로지르는 캥거루들을 찬탄하며 관람하는 겸허한 자리에 만족한다. 아니, 그들에겐 '주인공'이라는 말 자체가 없다. 나를 포함한 모든 것들이 하나의 풍경이기 때문이다. 당신의 다섯 손가락 중 주인공은 누구인가? 하나하나가 '손'이라는 풍경 안에서 완벽하지 않은가?

에버리진들에게 없었던 말이 또 있다. '부탁합니다.'와 '고맙습니다.'라는 말이다. 그들은 부탁할 필요가 없었다. 다른 이에게 필요한 것을 내가 가졌을 땐 그냥 물 흐르듯 그에게 넘겨주었다. 그 흐름은 너무나 자연스럽고 당연한 것이어서 감사를 느끼거나 표현할 겨를도 없었다.

그러다가 백인들이 몰려왔고 종이를 들이밀며 땅을 넘기라고 했을 때, 에버리진들은 그게 무슨 뜻인지 몰랐기 때문에 그 문서에 손도장을 찍었다. 땅을 넘기다니? 땅을 팔다니? 땅을 개발하다니? 너무 터무니가 없어서, 서양식 농담인 줄 알았다.

하지만 순진하게 찍었던 손도장은 그들의 세계 안과 밖을 뒤집어 놓았다. 굉장히 빠른 속도로 에버리진들은 '내 것', '나', '나만'을 배워야 했다. 그러고 나자 내 것과 비교도 할 수 없을 만큼 많은 '더 이상 내 것이 아닌 것'들이 감춰져 있던 음모처럼 음흉하게 떠올랐다. 백인들은 처음부터 무엇이 더 이상 그들의 것이 아닌지를 명확히 하기 위해 '내 옷', '내 플라스틱 물병', '내 초콜릿 바'를 선물했다.

'너와 나'의 경계는 에버리진들의 팔과 다리, 머리와 몸통을 거대한 '우리'로부터 아프게 오려냈다. 종이인형처럼 원주민들을 오려내 버리고 남은 넓디넓은 땅을 서구인들은 '활용'했다. 캥거루 목장을 세워서 캥거루 고기를 부위별로 포장해 팔았으며 코알라와 사진을 찍고 아이스크림을 먹을 수 있는 리조트를 세웠다. 광물질이 넘쳐나는 땅에는 파이프를 박아서 묻혀 있던 것들을 뽑아냈다. 엉클 파루는 말했다.

"백인들은 우리 어머니의 몸에 구멍을 뚫었소. 우리가 땅을 돌려달라고 하면 그들은 말하지. '당신들은 자원을 낭비하고 있어요. 우리가 개발해주려는 겁니다. 광산을 세우고 도로를 내고 리조트를 세우면 돈을 벌 수 있어요. 당신들도 그곳에서 일할 수 있고요. 얼마나 좋은 일입니까?' 그들은 아무것도 몰라. 우리가 땅에서 무얼 하는지. 아니, 무엇을 하지 않는지. 우리는 땅을 소유할 수 없어. 땅이 우리를 소유하는 거야. 땅이 우리를 낳았고, 우리를 먹이고, 죽은 몸까지 거두는데, 어떻게 우리가 그 땅을 가질 수 있단 말이오? 우리가 땅의 것이오!"

백인들은 물론 땅을 잃고 갈 곳이 없어진 에버리진들을 거두는 것도 잊지 않았다. 벌거벗은 채 황망히 떠도는 이들을 위해 영국인들은 '캠프'를 세웠다. 좀 더 정확히 말하자면 그들이 세운 말끔한 관광시설과 산업시설에 원주민들이 난입하지 못하도록 난민수용 시설을 만들어서 감금한 거였다. 이제 땅의 자식들은 좁다란 4개의 벽과 시멘트를 바른

바닥을 갖게 되었다. 흙을 바르는 대신 옷을 입게 되었고 비닐포장을 뜯어 음식을 먹게 되었다. 그리고 더 이상 '그들'이 아니게 되었다.

여기까지 말한 엉클 파루는 울부짖듯 외쳤다.

"동물원에 갇혀 있는 낙타를 500년 동안 연구해본들 당신들이 낙타를 알 수 있을 것 같소? 새장의 독수리를 1,000년 동안 눈 한 번 안 떼고 바라본들 당신들이 독수리를 보았다고 할 수 있소? 낙타는 사막이오. 독수리는 하늘이오. 에버리진은 땅이오. 우리 땅을 돌려주시오. 아니, 우릴 땅에게 돌려주시오!"

그 이야기를 듣던 밤, 나는 그와 그의 두 딸들에게 술을 샀다. 딸들은 캠프에서 나고 자란 세대였으므로 덤불에서 벌거벗고 지낸 기억이 없었다. 그녀들은 서구식 교육을 받았고 서양인과 결혼하여 아이를 낳았으며 깔끔한 사무실에서 일했다. 하지만 그들도 뿌리 뽑힌 식물의 마음을 갖고 있었다. 이유 없이 문득 외롭고, 서러움에 사무친다고 했

다. 그럴 때마다 그녀들은 아버지를 찾았고 엉클 파루는 다
큰 딸들의 머리를 가슴에 끌어안고 땅의 노래를 불러준다
고 했다.

"그곳엔 시냇물이 흐르고, 그 냇가에선 왈라비가 꼬리를
씻고, 해질 무렵의 붉은 땅이 모포처럼 우릴 감싸고…."

꿈을 노래하고

꿈을 춤춰라

세계 7대 불가사의 중 하나인 울루루는 지구의 배꼽, 혹은 세상의 중심이라 불린다. 온통 붉은 흙으로 뒤덮인 사막에, 살바도르 달리가 낸 수수께끼처럼, 세상에서 가장 큰 바위가 놓여 있다. 주위에 산은커녕 언덕도 없고, 바위가 생길 만한 이유라고는 전혀 없는 그곳에. 그 느닷없는 모습을 보고 누군가는 외계인이 떨어뜨려 놓고 간 것이라고도 하고, 누군가는 말 그대로 땅에서 배꼽처럼 융기되어 튀어나온 것이라고도 한다.

나는 그 바위가 붉은 흙 위에 앉은 한가한 어떤 이가 깜빡 졸다가 꾼 꿈같았다. 꿈이 아니고서는 설명할 수 없는 풍경이 있는 것이다. 그리고 그 풍경 속에서 나고, 살아가는 사람들 또한 꿈이 아니고서는 스스로를 이야기하지 못한다. 맨 처음 인간이 어떻게 생겨나게 되었느냐고 울루루의 원주민 에버리진에게 묻는다면 그는 당신의 가슴을 가리키며 말할 것이다.

"당신이 꿈을 꾸었기 때문이오."

그들이 이야기하는 드림타임 신화는 수백 가지 버전이다. 그중 내가 가장 좋아하는 버전은 이렇다.

이 세상이 그저 한 점 어둠이었을 때, 모든 것들의 영혼이 완벽한 어둠에 싸여 그저 꿈을 꾸고 있을 때, 그 어둠의 창조자가 꿈을 꾸었다. 넓고 깊은 바닷속을 춤추듯 누비며 이따금씩 물 위로 솟구쳐 올라 햇살을 머금고는 다시 물속에 잠기는 꿈이었다. 그는 그 꿈이 무얼 뜻하는지 몰라 그 꿈을 이룰 누군가를 꿈꾸었다. 그러자 돌고래가 생겨나 그의 꿈을 받아 헤엄쳤다. 돌고래도 꿈을 꾸게 되었다. 드넓은 평원을 자유로이 뛰어 건너며 지평선 멀리를 바라보는 꿈이었다. 돌고래는 또 그 꿈이 무얼 뜻하는지 몰라 그 꿈을 이룰 이를 꿈꾸었다. 그렇게 캥거루가 생겨났다. 그 꿈을 받아 신나게 뛰놀다 잠이 든 캥거루는 창공 높이 날아올라 땅을 굽어보는 꿈을 꾸었다. 그 꿈의 주인이 되기 위해 어느 날 독수리가 생겨났다. 독수리는 거칠 것이 없었다. 모든 것이 그의 날개 아래 있었고 그보다 빠른 것은 없었다. 그러다 꿈을 꾸게 되었다. 불을 피우고, 정원을 가꾸고, 서로 어울려 웃고 떠들며 사랑을 하는 꿈이었다. 독수리는 혼란에 빠졌다. 이게 무슨 뜻일까? 누가 이 꿈을 이룰 수 있을까? 그 꿈을 받아 이루기에 적합한 피조물로 인간이 생겨났고 그렇게 모두의 꿈이 이루어졌다.

이 얼마나 아름다운 탄생 설화인가! 너는 내가 꾼 꿈이며, 꽃이 꾸는 꿈을 이루기 위해 나비가 태어났다는 이야기. 그 이야기 속에서 나와 너의 경계는 사라졌다. '나'는 이미 '너'를 품고 있었다. 꿈의 형태로. 그 이야기 속에선 돌고래가, 캥거루가, 독수리가, 바다거북이, 무화과가, 마라톤을 뛰고 있는 너와 슈퍼마켓 계산대에서 잔돈을 찾고 있는 내가 구슬목걸이처럼 줄줄이 꿈의 실에 꿰어져 서로를 잉태하고 있었다.

내가 그 아름다운 꿈의 릴레이에 취해 있을 때 흔들어 깨우는 듯 그의 목소리가 들렸다.

"이건 나의 꿈이야! 우리 부족, 야뭄무의 아들과 딸들이 꾸는 꿈이야. 너는 너의 꿈을 꾸어야 해."

그러고 나서 그도 이 말을 했기 때문에 나는 깜짝 놀랐다.

"그리고 그 꿈에 우표처럼 붙어 있어라."

천리안 해리가 그랬던 것처럼 이 말을 하는 엉클 파루의 눈동자가 붉은 우체통처럼 간절히 반짝였다. 아마도 이 말은 울루루의 모든 어른들이 아이들에게 늘 하는 말인 듯했다. '그만 놀고 공부해라.' 대신. 그리고 그는 친절하게도 꿈에 우표처럼 붙어 있을 수 있는 방법을 가르쳐주었다.

"우리는 모든 것을 노래로 불러. 춤으로 춰. 매일 밤 모닥불을 피우고 아들과 딸들, 손자, 손녀들과 함께 그 노랠 부르며 춤을 춘단다. 우리의 허파가, 혀가, 발바닥이, 등뼈가 그 노래를 기억하도록. 땀구멍까지 그 꿈에 젖어들도록. 너도 너의 꿈을 되풀이하여 외우거라. 할 수 있으면 노래로 만들어 불러라. 너만의 모닥불을 피우고 매일 밤 그 주위를 돌면서 그 노래를 다시 부르고, 그 춤을 다시 춰. 가장 확실하게 꿈에 붙어 있는 길이다. 그래야 네 꿈에 다다랐을 때 바로 알아볼 수 있지 않겠니?"

북아메리카의 나바호 인디언들은 700종에 달하는 곤충들의 생김새와 둥지를 트는 방식, 짝짓기 하는 계절, 좋아하는 먹이, 독을 뿜는 방식들을 외우고 있었다. 문자가 생겨나기 이전의 브라질과 페루의 주술사들은 500페이지에 달하는 약초와 전통의학 지식들을 노래로 부를 수 있었다. 우리 조상들도 세 살 무렵부터 세상이치를 외우기 시작했다. 《천자문》부터 《사서삼경》, 《도덕경》, 《중용》, 《논어》, 《주역》 등을 모두 외워 몸 안에 담고 다녔다. 지나가던 선비를 툭 건드리기만 해도 사람으로서 지켜야 할 도리와 규칙, 공동체의 가치관, 조상들이 물려준 전통과 율법이 흘러 나왔다.

20년 전, 히말라야 트레킹을 하는 동안 내 짐을 날라주었던 짐꾼 청년은 내가 멋진 풍광에 탄성을 지르며 카메라를 꺼내들 때마다 딱한 표정을 지었었다.

"마음에 드는 풍경을 만나면 당신들은 잊기 위해 사진을 찍는 것 같아. 얼른 카메라에 담고는 얼른 잊어버리려고. 아이스크림을 혀로 한 번 핥고는 포장지만 가방에 넣는 것과 뭐가 달라?"

나는 그 말에 깔깔 웃었다. 아, 유쾌하다. 내가 습관적으로 해오던 일을 이렇게 통렬하게 비웃어주다니. 카메라 렌즈만 호사시켰던 수많은 여행들이 떠올라 나는 스스로에게 미안한 마음이 들었다. 그 때 내가 '찍어서' 넣어 뒀다고 믿었던 풍경들은 다 어디로 가버린 것일까. 시간이 흐른 뒤 꺼내본 사진들 속에 내가 보았던 그 거리는 없었다. 정작 내가 담고 싶었던 것들은 모조리 빠져 있었다. 이른 아침 돌길 위에 강아지처럼 튀어 오르던 햇살과, 골목에 불던 바람, 그 골목마다 오페라처럼 울려 퍼지던 '운 카페 페르바보레!(커피 한잔 주세요!)', 작은 손수레에 호두를 가득 싣고 가던 남자가 풍기던 겐조 향수 냄새가 없었다. 아이스크림 포장지처럼 버석거리는 이 사진들을 갖자고 나는 내 눈과 마음에게 시간을 들여 맛볼 틈을 주지 않았다.

"왜 이 길들을 네 눈으로 실컷 보고 마음에 담지 않아? 그럼 넌 언제든 다시 이곳으로 돌아올 수 있는데. 언제든 이 모퉁이 돌 위에 앉아서 책을 읽을 수 있는데… 난 이 길들을 자다가도 떠올릴 수 있어. 내 눈으로 다 외워뒀거든. 이 골목이 마음에 들어? 그럼 카메라는 치워버려."

외우지 않은 추억은 내 것이 아니었다. 그냥 날 스쳐 지나가는 구름일 뿐이었다.

"뜬구름을 잡는 법을
아시오?"

반복은 꿈에 몸을 입힌다. 번뜩 떠오르는 생각, 밀려오
는 감동, 짜릿한 깨달음 등은 연기와 같은 속성이 있다. 우
리 안에 자욱하게 고여 있다가 어느 순간 말짱하게 사라져
버린다. 그래서 고대 그리스인들은 영감을 '머리를 스치고
지나가는 구름'이라고 불렀다. 그 구름 같은 느낌을 놓치
지 않는 방법은 그 연기를 되풀이해서 피워 올리는 것이다.
그 꿈을, 그 전율을 외워서 100번이고 1,000번이고 마음속
에 자욱하게 피워 올리면 구름이 무거워져 비로 내리게 된
다. 그 꿈이 물방울로 맺혀 우리 몸을 적시고, 더욱 단단해
져 뱃속으로 들어오면 비로소 '내 것'이 된다. 이것이 뜬구
름을 잡는 방법이다.

가끔씩 세상엔 천재적인 기억력을 가진 이들이 태어난다. 그들의 기억력은 놀랍다. 전화번호부를 외우는 것은 기본이고 어릴 때부터 《해리 포터》 전집을 토씨 하나 빠뜨리지 않고 외워서 주위를 떠들썩하게 한다. 3년 전에 여행했던 이탈리아 거리의 풍경을 사진파일 불러내듯이 똑같이 그려내기도 한다. 하지만 정말 놀라운 것은 그들이 세상을 지배하지 못한다는 사실이다. 그들에겐 반복하고 집중하는 과정이 없기 때문이다. 컴퓨터 하드디스크가 세상을 지배하지 못하는 것과 같다. 삶의 순간들은 데이터베이스처럼 그들 속에 차곡차곡 저장될 뿐, 어느 하나도 집중된 에너지를 받고 숙성되어 타인을 감동시킬 만한 카리스마를 지니지 못한다.

1949년, 저널리스트였던 에디스 본Edith Hajos Bone은 헝가리에서 체포되었다. 그곳의 감옥 독방에 7년 동안 갇혀 있었던 경험을 바탕으로 그녀는 《7년간의 고독Seven Years Solitary》을 저술한다. 하지만 그녀가 실제로 책을 쓴 것은 감옥에서 풀려난 뒤였다. 헝가리 정부가 그녀를 감금했던 독방은 한 점 빛도 들지 않는, 축축한 무덤과 같은 공간이었다. 사상범을 감금하는 곳이었으므로 수감된 이의 정신과 마음을 살해하는 것이 그 시설의 주된 목적이었다.

어떠한 인간적인 활동도 허용되지 않았다. 책을 읽거나 음악을 듣는 것은 물론 바느질, 하다못해 벽에 낙서를 하는 것까지도 철저하게 금지되었다. 보통 그 방에 감금되었던 이들은 심각한 정신질환을 앓게 된다고 한다. 하지만 무려 7년의 시간이 흐른 뒤, 그녀는 마음과 정신이 멀쩡한 채로 그 방을 걸어 나왔다. 그녀는 한 인터뷰에서 그 비결을 밝힌 바 있다.

'그저 매일 아침 산책을 하고, 해질 무렵엔 콘서트 장에 가고, 잠들기 전엔 시를 읽었을 뿐이에요.' 물론 그녀가 산책했던 안달루시아의 숲길과 로마의 벽돌길은 그녀 안에 있던 것이었다. 카메라 안에 담는 대신 눈동자와 심장이 흠뻑 젖어들도록 시간을 들여 머물며 외운 길들이었다. 그녀가 콘서트장에서 들었던 라흐마니노프 협주곡도, 두툼한 시집들도, 외워서 고체가 되고, 그녀 안의 뼈로 자리 잡은 것들이었다.

우리는 언제 이 절체절명의 고독과 마주하게 될지 모른다. 그때 진정으로 내가 무엇을 가졌는지를 알게 된다. 그때 펼쳐들 수 있는 책과 그때 거닐 수 있는 길들을 당신은 지녔는가?

에버리진들은 자신들의 땅을 노래로 불렀을 뿐만 아니라 춤으로도 췄는데, 몸을 움직이면서 부른 노래들은 절대로 잊히지 않았다. 그것은 직접 만나 손짓발짓을 해가며 생생하게 나누는 대화와 같았다. 편지나 전화통화로는 결코 나눌 수 없는 깊은 이야기. 춤으로 추면 그 단어에 피가 통하고 그 문장에 살이 붙는다. 또렷해지고, 생생해지고, 살아 움직이는 실체가 된다. 춤을 추거나, 노래를 부르거나, 소리 내어 말로 해보면 그 울림이 척추와 두개골에 퍼진다. 별 생각 없이 해본 말도 파장을 일으키고 흔적을 남긴다. 금방 사라지지 않고, 동굴 속에서 부른 노래처럼 두개골 벽에 부딪혀 한동안 왕왕 울리면서 머문다. 그래서 일단 흥분하거나, 놀라거나, 화가 나버리면 그 감정을 가라앉히기가 힘들어진다. 호수에 던져진 돌은 반드시 물을 뒤흔들고 나서야 바닥에 가라앉기 때문이다. 잘못 던졌다는 걸 깨닫고 허겁지겁 돌을 건져낸다고 해도 그 파란을 막을 길은 없다. 그래서 우리 안에 던져 넣을 것들을 신중하게 골라야 한다.

내가 유치원에서 처음 배운 노래가 떠올랐다.

'숲속 작은 집 창가에, 작은 사람이 섰는데, 토끼 한 마리가 뛰어와…'

아니, 아마도 처음 배운 노래가 아니었을지도 모른다. 하지만 율동과 함께 배운 첫 노래였기 때문에 처음 배운 노래로 기억한다. 그때 처음으로 나는 숲의 모양과 작은 집, 창과 작은 사람, 토끼의 모양을 몸으로 말하는 법을 배웠다. 총으로 '빵!' 하고 쏘는 이에 대한 두려움도, "작은 토끼야 들어와 편히 쉬어라." 하고 말하는 상냥함도 몇 번이고 되풀이하며 여섯 살의 몸에 새겼다.

매일 밤 모닥불 주위를 돌며 에버리진들은 전통과 배려, 만족을 노래하고 춤췄다. 그들에게 경전은 따로 필요치 않았다. 검사도, 변호사도, 증인도, 법원도 모두 우리 안에 있었다. 한 개인에게 필요한 모든 것을 알았다. 운전면허증도, 여권도 조잡하기 짝이 없는 물건이었다. 그들은 벌거벗은 피부 위에 그들의 고향과, 조상과, 야망을 고스란히 새겼다. 파루는 몸을 돌려 등과 어깨부터 가슴에 걸쳐 새겨진 기하학적인 문신을 내게 보여주었다.

"노래로 부르면 그 꿈이 우리가 되고 우리는 꿈에 스며들지. 할아버지는 우리 땅의 노래를 가르치시며 그 모든 풍경을 보여주셨어. 그곳에 가본 적은 없지만 우리는 생생히 기억하고 있지. 그 땅에 스치는 바람과 흐르는 강들을, 그 강의 봄이 어떻게 오는지를, 그 봄 강둑에서 물을 마시는 캥거루의 귀와 왈라비의 꼬리와 낙타의 발바닥이 뿜는 빛들을, 나무에 파인 홈과 그 홈 속에 둥지를 튼 새의 깃털까지 노래 속에 들어 있으니까. 모든 작고 덧없는 것들까지, 노을 속으로 굴러 떨어지는 가을의 마지막 도토리마저 자신만의 노래를 갖고 있단다. 우리 땅은 율라라야. 우리가 불을 피우고 열매를 따던 자리에 지금은 호텔이 들어섰지만 우리는 그 땅을 포기하지 않는다. 기억하고 노래하는 한 그 땅으로 돌아갈 것이다. 너도 네 꿈의 땅으로 가라."

당신도 나도, 속으로 너무 자주 되풀이해서 근육처럼 굳어버린 말들을 갖고 있다. 그때그때 일어난 일들을 해석하고, 곱씹고, 던져버리기 위해서 우리는 갖고 있는 말들로 혼자만의 주문을 외운다. 그 만트라들이 없으면 우리는 우리 앞에 펼쳐진 상황을 '내 식으로' 경험하지 못한다. 그 말들은 일종의 번역기와 같은 것이다. 바깥세상에서 무엇이 일어났는지를 '내 언어'로 해설해준다. 좋은 책을 읽고 영감을 주는 멘토의 말을 되새기는 것은 새로운 만트라들을 익혀서 그 번역기를 업그레이드하는 것이다. 그래서 우리는 상황들을 훨씬 세련되고도 깊이 있게 해석해내게 되고 고급스럽게 경험하게 된다. '내 인생을 바꾼 책', '내 삶을 바꿔놓은 한 마디 말'을 우리가 기억하는 것은 선택의 순간들에 그 말이 솟아올라와 내가 늘 가던 길과는 다른 길을 선택하게 만들었고, 그 길을 걷는 동안 그 말들이 내 안에서 울려 퍼지면서 땅만 보며 걷던 눈을 들어 새로운 풍경을 보게 했기 때문이다.

지금은 내게 새로운 만트라가 생겼다. '너의 꿈에 우표처럼 붙어 있어라.' 한 번 떠올리고 되풀이할 때마다 그 말은 날 우표처럼 끈끈하게 하고, 깨어 있게 한다. 그 말이 내 몸속에 깊이 뿌리내려 꿈의 땅에 닿을 때까지 나는 반복할 것이다.

야란,

★

★

별을 이야기하는 소년

나는 웃는 모습이 멋진 사람에게 약하다. 특히 너무 활짝 웃어서 얼굴이 날달걀처럼 툭 터져버릴 것 같은 사람을 보면 넋을 놓는다. 울루루에 그런 사람이 있었다. 그는 씨름 선수처럼 덩치가 크고 젖은 흙처럼 검었다. 그가 웃음을 터뜨리는 순간을 당신이 보았어야 하는데! 육중한 무게추 같던 몸이 그의 웃음과 함께 뭉게구름처럼 피어오르는 모습을. 나는 그에게 매달리듯 묻지 않을 수 없었다.

　"어떻게 하면 당신처럼 웃을 수 있나요?"

　그가 천년지기처럼 마구 웃으면서 내 어깨를 토닥였다.

　"바보, 이건 타고나는 거야. 내 뱃속 깊이 박힌 붉은 땅에서 솟아나는 웃음이야. 그리고 아무리 어려도 60살은 넘어야 이 정도로 웃을 줄 알게 되지. 그때까지 철들지 말고, 늙지 말고 기다려야 해. 그럼 언젠간 너도 네 인생 전체를 흔들며 웃을 수 있을 거야."

인간은 나이 들지 않고도 성장할 수 있다. 철들지 않고도 깊어질 수 있다. 그런 웃음의 날이 내게도 어서 왔으면.

소년은 알을 깨고 나와

꿈의 바다로 간다

"우리 부족의 소년들은 나이를 먹는다고 저절로 남자가 되는 것이 아니었어. 자기 힘으로 남자가 되어야 했지. 그 성인식을 '방랑walk about'이라고 불렀어. 소년은 방랑의 시절을 거쳐야 비로소 남자가 돼. 나이가 차면 우리는 철저한 방랑자가 되어 3달이고, 4달이고 사막을 홀로 여행하면서 자연에 묻히는 법을 배웠지. 만약 바다 위에 남겨졌다면 노 젓고 낚시하는 법을 배웠을 테고, 정글에 던져졌다면 사냥하고 나무 타는 법을 익혔겠지만, 사막에 홀로 남겨진 소년들이 배울 것은 겸허함과 순종뿐이었어. 사막엔 몸을 숨길 곳도 없었고 사냥할 짐승도 없었으니까. 그저 덤불딸기와 꿀을 찾아 먹으며 하늘과 땅 사이에 '있는' 것 빼곤 할 일이 없었어.

어린 소년들에게 그것은 방랑이라기보다 시련에 가까웠지. 나의 방랑이 시작되던 날, 나는 너무 두려워서 나를 마을에서 멀리 떨어진 사막으로 데려갔던 마을 장로에게 매달렸어.

'집으로 가고 싶어요. 어른이 되지 않아도 좋으니 저를 다시 데려가 주세요!'

장로는 내 어깨를 단단히 잡고 가슴에 박아 넣듯이 말했단다.

'꿈을 부르거라. 그 꿈에 매달리거라. 네 꿈이 두려움을 뚫고 나오는 날, 너는 어른이 될 것이다.'

그 사막의 밤에 낙타의 꿈이 날 찾아왔지. 나의 낙타는 별들이 꽃처럼 피어 있는 정원을 거닐고 있었어. 그 꿈에 매달려 있다가 스물두 살에 나는 '스타텔러'가 된 거야."

'스타텔러'라는 직업이 있다는 걸 나는 처음 알았다. 세상엔 놀라운 직업들이 많았다. 누군가는 별을 이야기하는 것으로 빵을 사고 전기세를 내면서 살아가고 있는 것이다. 울루루에는 어림잡아 5명 정도의 스타텔러가 있다고 했다. 그중 2명만이 전업 스타텔러이고 나머지는 다른 부업(요리사, 트럭운전사, 산파)을 갖고 있다고 한다. 내게 이야기를 해주었던 야란Yarran은 그 2명의 전업 스타텔러 중 한 사람이었다.

스물두 살 때부터 해온 일이니 그는 벌써 50년째 별만 이야기하면서 살아온 셈이다. 내 마음 한복판에서 선망과 질투가 한꺼번에 솟아오른다. 이 얼마나 소름 돋도록 집중된 삶인가! 한 점 의심 없이, 초점이 또렷이 맞는 인생을 산 이가 뿜어내는 평화는 흥분을 불러일으킬 만큼 강렬했다. 부족 사람들은 그를 '별을 이야기하는 사람' 또는 '하늘 길을 그리는 사람'이라고 불렀다. '스타텔러'는 점성술사와 달랐다. 그는 별에 얽힌 모든 이야기들을 기억하고, 담고 있다가 필요한 사람들에게 전달하는 메신저였다.

"하나의 세계를 뚫고 나가는 경험은 내게서 두려움을 없애주었단다. 한 번 알을 깨고 나온 새가 알 속의 세계를 잊고 하늘의 시대를 맞이하듯이 말이다. 너도 웅크려 숨어 지내는 그 알을 깨고 나오지 않으면 영원히 알 속에서 나이를 먹을 뿐, 날고 솟구치는 세상이 있음을 알지 못할 것이다."

중년이 되도록 아직 알 속에서 머뭇거리고 있었다는 걸 들켜버린 나는 더욱 작게 몸을 웅크렸다. 모두가 못 보고 지나쳐주길 원했었는데. 야란은 나의 별자리에서 겁쟁이의 사인을 읽어버렸다.

"별을 읽다 보면 사람이 읽힌다. 우리는 별의 가루로 만들어진 존재니까. 길 잃은 사람은 길 잃은 별처럼 빛이 바랜다. 한눈에 알아볼 수가 있지."

15만 개의 별들을 연구해본 결과, 인간의 몸과 은하계를 이루는 원소의 97%가 동일하다는 사실이 밝혀졌다. 학계에서 '삶의 5원소'라 불리는 CHNOPS, 즉 탄소, 수소, 질소, 산소, 그리고 유황, 그 5가지 원소들은 결합하면 빛의 파동을 만들어내기 때문에 우리 몸에서도 인광, 즉 빛이 난다. 게릴라들이 적진에 잠입할 때, 피부가 밤보다 검은 흑

인이라도 반드시 진흙으로 피부를 덮는 이유가 이것이다. 그리고 그 빛은 사막의 별처럼 강렬하게 뿜어져 나오기도 하고, 구름 덮인 도시의 밤하늘 별처럼 흐릿하게 묻혀버리기도 한다. 빛의 밝기와 색은 그 빛을 지닌 이의 성격과 처한 상황에 따라 변하기 때문에 '오라' 혹은 '존재감' 등으로도 불린다.

새는 알을 깨고 나와 가장 먼저 하늘을 보고, 거북은 알을 깨고 나와 가장 먼저 바다를 본다. 그렇게 각자의 운명을 본다. 운명의 길로 새는 날아서 가고, 거북은 기어서 간다.

갈라파고스 바다거북들은 산란기가 되면 바닷가 모래 둔덕 위에 별처럼 많은 알을 낳는다. 알들은 어느 날 합창하듯 한꺼번에 부화하고, 어린 거북들은 한 마리도 빠짐없이 바다를 향해 기어가기 시작한다. 그 행진에는 한 치의 의심도 없다. 바다는 그들을 자석처럼 끌어당긴다. 누구도 안전하고 익숙한 모래 위에 남기로 결심하고는 눌러앉지 않는다. 시퍼렇게 출렁거리는 낯선 세계를 향해, 오로지 간다.

"하나의 세계를 뚫고 나가는 경험은

내게서 두려움을 없애주었단다.

한 번 알을 깨고 나온 새가 알 속의 세계를 잊고

하늘의 시대를 맞이하듯이 말이다.

너도 웅크려 숨어 지내는 그 알을 깨고 나오지 않으면

영원히 알 속에서 나이를 먹을 뿐,

날고 솟구치는 세상이 있음을 알지 못할 것이다."

"별을 읽다 보면 사람이 읽힌단다.

우리는 별의 가루로 만들어진 존재니까.

길 잃은 사람은 길 잃은 별처럼 빛이 바랜다.

한눈에 알아볼 수가 있지."

산란기를 노리고 바닷가에서 새끼 거북들을 기다리고 있던 큰 새들에게 절반이 넘는 다른 새끼 거북들이 잡아먹히는 것을 보면서도, 단 한 마리도 방향을 틀지 않는다. 알을 깨고 나온 순간, 물의 기억은 전생처럼 거북의 세계에서 사라지기 때문이다.

도끼 같은 꿈으로

현실을 깨고 나와라

"꿈을 꾸는 것은 몽롱하게 현실을 도피하는 것이 아니다. 몽롱한 현실을 깨고 나와 이룰 꿈을 찾는 것이다. 너의 진짜 운명을 향해 가기 시작하는 것이다. 도끼 같은 꿈으로 현실을 깨고 나와라!"

별지기 야란은 자장가를 불러주는 사람이 아니었다. 인정사정없이 흔들어 깨우는 사람이었다. 현실의 알 속에서 안주하려는 거북이 있으면 알껍데기를 쾅쾅 두드려 깨우는 목소리였다. 깨고 나와! 봄이 왔어! 바다로 갈 시간이다!

"불안하고, 잠이 안 온다고? 마음이 편하지가 않다고? 뭘 해도 즐겁지가 않다고? 아마도 지금은 마음 놓을 때가 아닌 모양이지. 아직 마음 놓고 즐거워할 때가 아니라고 네 꿈이 말하고 있는 거겠지. 그 말을 무시하고 지금 당장 '힐링'해야겠다고 웰빙 스트레스에 빠지지 마라. 때가 왔을 때 제대로 마음 놓고 푹 쉬어. 그때가 되면 네가 애쓰지 않아도 즐거움이 저절로 솟아오를 거다. 지금 조금 다리가 아프다고, 조금 피곤하다고 기차역에서 잠옷으로 갈아입고 드러누워 버리는 것과 뭐가 다르냐? 네 꿈을 찾을 때까지 가방 단단히 메고, 벨트 조이고, 깨어 있어라.

요샌 왜 다들 매 순간 흐물흐물해지지 못해서 안달인지! 느낄 것을 느끼고, 후회할 것을 후회하고, 스스로에게 실망한 일은 자책도 하면서 딱딱하게 딱지가 앉아야 상처가 낫는 법인데. 느끼고 싶은 걸 느끼려고 진을 빼지 말고, 아프더라도 그 순간에 느껴야만 하는 것을 느끼는 법을 배우거라. 넘어져 무릎이 깨졌으면 따갑더라도 소독을 하고, 약을 발라야 하는 거야. 허겁지겁 사탕 단지에 손을 뻗을 것이 아니라."

"지금 만족스럽지 않다면 감사해라. 지금 그곳에서 만족해버리면 안 된다는 뜻이니까. 너는 그 정도에 만족할 만한 그릇이 아니라는 뜻이야."

영화 '시네마 천국'에도 이런 장면이 나온다. 작고 평화로운 시골마을의 소년 토토가 그 마을 유일한 극장의 상영기사가 되기로 마음먹는다. 하지만 그 이야기를 들은 (그의 삶의 롤모델이기도 했던) 상영기사 할아버지는 고개를 젓는다. 그 자리에서 만족하고 정착해버리려는 토토의 등을 떠민다. 그랬기 때문에 토토는 세계적인 영화감독이 될 수 있었다.

무작정 만족하기로 결심해버리면 사람은 성장할 수 없다. 1960~70년대 미국과 유럽을 휩쓸었던 히피 문화가 그 한 예다. 그들은 '자유와 사랑'만을 소유하겠노라고 선언한 뒤 일체의 노동이나 경쟁을 거부했다. 지금도 네팔이나 인도의 시골마을에 가면 젊은 날 그런 식으로 순간의 만족을 위해 떠돌다가 마리화나를 잎담배에 말아 피우며 늙어가는 유러피언 히피들을 많이 볼 수 있다. 그것이 모래사장에 눌러 앉아버린 바다거북의 말로다.

모든 인생에는 서론, 본론, 결론이 있다. 그래서 흔히 책에 비유한다. 어떤 인생은 서론만 장황하게 떠들다가 끝나기도 하고, 어떤 인생은 느닷없이 본론으로 뛰어들어 결론 없이 끝을 맺기도 한다. 나는 서론만 45년간 썼다. 하루씩, 1년씩 미루다 보니 이렇게 됐다. 끝없이 졸업을 미루는 학생처럼.

'내 진짜 이야기는 아직 시작되지 않았어. 지금의 나를 가지고 나를 판단하지 마. 이건 그냥 연습이야. 연습용 나.' 사실 나는 본론을 건드리기가 겁났다. 틀리면 어쩌나? 웃음거리로 끝나면 어쩌나? 기껏 그런 이야기나 하려고 서론이 그렇게 길었느냐고 누군가가 물을 것만 같았다. 그리고 별을 이야기하는 사람이 지금 내게 말하고 있었다. 서론은 이만하면 됐으니 이제 본론을 꺼내야 하지 않겠느냐고.

"매미는 7년 동안을 땅속에서 기다리다가 때가 오면 15일간 목청을 다해 온몸을 떨며 노래한다. 여름날의 환희를 삼켜버린 것처럼, 매미는 인정사정없이 세상이 오로지 노래뿐인 것처럼 제 꿈을 부르다 간다. 망둥이는 썰물을 기다렸다가 다시 밀물이 밀려올 때까지 젖은 모래 위에서 춤을 춘다. 그 춤은 망둥이가 꿈을 이루는 순간이다."

그의 말들이 망치처럼 쾅쾅 가슴을 두드려 나는 숨을 쉴 수가 없었다. 이제 얼굴조차 잊어버린 나의 꿈이 내 깊은 구석 어딘가에 난파되어 있다가, 야란이 보내는 구조신호에 미친 듯이 손을 흔들어대는 게 느껴졌다.

"너의 여름이 지나가고 있는데, 너의 썰물이 끝나가고 있는데 평생 그 노래를 품기만 하고 살 텐가? 불러보지 못한 노래로 죽일 텐가? 눈치만 보다가 썰물 때를 놓쳐버리고, 그 기막힌 춤을 춰보지도 못한 채 밀물에 떠밀려 가버릴 텐가? 너는 노래를 품은 사람이다. 너는 춤을 춰야 하는 사람이다. 너의 계절이 왔으니 이제 그 노래를 들려다오."

"조각을 하려면
돌덩이가 필요해."

조각가들은 알고 있다. 구름으론 아무것도 만들 수 없다는 것을. 조각을 하려면 돌덩어리가 필요하다. 거칠고, 단단하고, 무게감 있는 덩어리가 있어야 한다. 그리고 당신이 먼지투성이가 될 각오를 하고 그 앞에 서기 전에는 아무 일도 '실제로' 일어나지 않는다. 그저 좋은 생각에 그친 수많은 계획들을 기억하는가? 호기롭게 해놓고 잊어버린 약속들은? 결심들은? 생각만으로, 사랑만으로, 마음만으로 일어나는 일은 없다. 돌과, 끌과 망치의 시간이 없으면 꿈들은 그저 구름처럼 흘러간다. 돌처럼 단단한 현실은 그래서 필요하다. 깎기 힘들고, 시간이 걸리기 때문에 '이룰' 수가 있다. 손에 잡히는 실체가 된다. 모래나 마시멜로처럼 주무르기 쉽고 가벼운 것들은 그만큼 쉽게 무너지고 사라져버린다. 바람 한 번 불면, 파도 한 번 밀려오면 형체가 없어진다. 그래서 신조차 이 돌덩이 같은 세상을 창조했다. 그의 뜻을 '이루려고'. 이 부조리하고, 팍팍하고, 복잡하게 얽힌 물질계와 지독히도 말 안 듣는 인간들을 창조했다. 신조차 만만치 않은 저항을 견디기로, 내 마음 같지 않은 타인의 마음과 타협하기로, 기다려야만 오는 것은 인내심을 갖고 기다리기로 마음먹은 것이다. 그 모든 것을 이겨내고 미켈란젤로의 조각과 같이 돋아나오는 신성한 가치를 보려고.

그래서 우리는 종종 원하는 걸 하기 위해 원하지 않는 것들을 먼저 해야 한다. 평화를 얻기 위해서는 혼돈을 뚫고 나와야 한다. 귀한 선물일수록 겹겹이 싸이고 단단한 박스에 담겨 배달된다. 한 겹씩 풀고, 열고, 뜯어내는 과정을 견디지 못하면, 그 안에 든 선물을 놓치게 된다. 뜯다가 지쳐 던져버린 보석상자들을 기억하는가?

그것이 절차이고 관문이다. 진정 그것을 원하고, 가질 자격이 있는 이를 가려내는 거름망이다.

"선불로 하시겠습니까,
후불로 하시겠습니까?"

이스라엘 출신 미국인인 심리학자 대니얼 카너먼Daiel Kahneman이 재미있는 연구를 하나 했다. '경험하는 나'와 '기억하는 나'에 관한 연구였다. 그 순간엔 분명 즐거운 경험이라고 느꼈는데 뒤돌아 생각해보면 그다지 유쾌한 기분이 들지 않는 순간이 있다는 사실에 그는 의문을 품었다. 무엇이 그 즐거움을 변질시키는 것일까? 경험의 방과 기억의 방, 인간은 그 둘 중 어느 방에 더 오래 머무는 존재인 걸까?

오랜 연구 끝에 그는 그것이 쾌락joy과 기쁨pleasure의 차이라고 결론지었다. 그 둘은 즐거움을 느낀다는 점에서는 같다. 하지만 일정치의 즐거움에 도달하기 위해 그 수위를 점점 높여가야 한다면 쾌락이고, 그 수위에 상관없이 늘 만족을 느낄 수 있다면 기쁨이다. 쾌락은 면역이 된다. 쾌락의 양을 늘려가지 않으면 처음 같은 감흥을 주지 못한다. 술이나 마약, 음식, 또는 쇼핑을 통해 우리가 즉각적으로 얻는 것은 쾌락이다. 이것은 지나가는 길에 떨어져 있는 열매와 같다. 처음에는 놀랍고 즐겁지만 다음번에 2개가 떨어져 있지 않으면 시들해진다.

반면 기쁨은 익기를 기다렸다가 나무에 올라가서 딴 열매이다. 계획했고, 정성을 들였고, 땀 흘려 나무를 탔고, 내 마음에 들어서 눈독 들여왔던 바로 그 과일을 딴 것이다. 과정이 있고 성취가 있다. 그래서 똑같은 사과라도 스토리를 가진 사과는 추억이 되고 나의 일부가 된다.

우리는 즐거움을 느끼고 싶어 하지만 그 즐거움에 당도하기까지의 여정도 필요한 까다로운 존재들이다. 그것이 인간 행복의 내러티브다. 그래서 인간만이 고생스러워도 행복할 수가 있다. 때론 고생스러울수록 더 행복해진다.

그 대표적인 예가 여행이다. 여행은 굉장히 최근에 발명

기억의 방에 들어가 되새겨볼 때 즐겁고 자랑스럽다면

기쁨을 느낀 것이고,

후회스럽고 수치심에 눈을 질끈 감게 된다면

쾌락에 빠졌던 것이다.

이것이 쾌락과 기쁨의 다른 점이다.

됐다. 운동(피트니스)과 함께. 불과 한 세기 전만 해도 운동이나 여행은 형벌, 혹은 재앙에 속했다. 노예들만이 땀 흘려 몸을 움직였고 무거운 것을 들어올렸다. 천재지변이 일어나 땅이 꺼져버리거나, 불이 나거나, 큰 죄를 지어 추방당했을 경우에만 인간은 짐을 싸들고 살던 곳을 떠났다. 미치광이와 바보들만이 이유 없이 여행했다.

현대인들은 그 고난을 위해 기꺼이 큰돈을 쓴다. 계획과 예약이 필요하고 큰돈을 지불해야 하는 고난은, 이 시대 최고의 럭셔리가 되었다. 우리 조상들이 '살기 위해' 발버둥 쳤다면 오늘날의 우리는 '살아 있다는 걸 느끼기 위해' 발버둥 치고 있다. 느낌, 느낌, 오로지 날 느끼게 해줘! '나'를 확인하고, '나'를 실현하고, '내가 여기에 있다.'고 외칠 수 있는 경험을 하기 위해서 우린 또다시 월요일을 견디고, 휴가를 기다리고, 비행기 티켓을 산다.

그리고 황량한 땅을 여러 날 걷다가 목초지를 발견한 툰드라의 들소가 풀을 뜯듯이 우리는 마침내 도착한 그곳에서 허겁지겁 경험들을 뜯는다. 소는 그 순간 눈에 띄는 모든 풀을 뜯어 입에 넣을 뿐, 먹는 것이 아니다. '섭취'는 지금 이루어지지만 '식사'는 나중에 한다. 볕이 좋고 한가한 어느 오후를 골라 느긋하게 눈을 감고 한 입씩 맛을 보거나, 잠이 오지 않는 밤 우물우물 씹으며 마음을 다독이기 위해서 넣어둔다.

우리의 경험이 추억이 되는 것도 소의 되새김질과 비슷한 과정을 거친다. 경험의 한복판에 서 있을 때는 그것을 잘 '느끼지' 못한다. 우리의 감각과 마음은 풀을 뜯느라 바쁘다. 상황에 떠밀려서, 분위기에 휩쓸려서, 혹은 엉겁결에 하게 되는 경험들의 경우 더더욱 그렇다. 맛보고 품평하는 것을 무의식적으로 미룬다. 계획된 행사나 중요한 이벤트, 별러왔던 여행의 경험들이라 할지라도 나중에 사진들을 보거나, 혼자 조용히 떠올릴 때야 비로소 제대로 맛을 보고, 잘라낼 것들은 잘라내고, 마음에 드는 부분은 확대하면서 내 것으로 만든다.

그 기억의 방에 들어가 되새겨볼 때 즐겁고 자랑스럽다면 기쁨을 느낀 것이고, 후회스럽고 수치심에 눈을 질끈 감게 된다면 쾌락에 빠졌던 것이다. 이것이 쾌락과 기쁨의 다른 점이다.

그래서 지금의 고생스런 경험이 자랑스럽고 유쾌한 기억으로 남을 수도 있고(마라톤을 완주하는 것처럼) 지금의 짜릿한 경험이 수치스런 기억으로 남을 수도 있다(도박이나 술에 탐닉하는 것처럼). 그리고 카너먼에 따르면 우리는 살아가는 동안 '기억의 방'에서 대부분의 시간을 보낸다.

'지금' 사용법은

다를 수밖에 없다

호주의 간호사 보니 웨어Bonnie Ware는 오랫동안 말기암 병동에서 일하면서 죽어가는 이들이 가장 후회하는 것들의 목록을 정리했다.

– 사회가, 부모가 원하는 대로 살기 위해 애썼던 것.
– 좋아하지도 않는 일을 죽도록 했던 것.
– 일을 하느라 여행을 미루고 파티에 가지 않았던 것.

이 목록들을 읽으면 누구나 마음이 꿈틀한다. 아, 지금 당장 뭘 해야 죽기 전에 후회가 없을까? 그 순간 또 다른 스트레스가 우리를 옥죈다. 여기서 중요한 것은, 마지막 날 눈 감으며 후회 없는 삶이었노라 말하기 위해서 '지금의 나'를 달달 볶지 않는 것이다. 설령 죽는 순간 후회할 짓을 하고 있다 하더라도 그러한 지금의 나를 용서하는 것이다. 꿈꾸던 내 모습으로 살아가고 있지 않은, 지금 당장의 나를 이해하고 보듬는 것이다. 왜냐하면 확실하게 죽음을 목전에 둔 이들과 살아갈 날들이 많은 이들의 '지금' 사용법은 다를 수밖에 없기 때문이다.

지금 번지점프를 하고, 지금 인도에 가고, 지금 당장 학교나 회사를 때려치우고…. 오늘이 마지막 날인 것처럼 '지금 당장' 하는 것은 언뜻 정답인 듯 보이지만 어리석은 짓이다. 미래가 없는 이는 당장 '원하는' 일을 해야 하고, 미래를 가진 이는 당장 '중요한' 일을 해야 한다. 그 다름을 알고, 지금 내가 하고 있는 일에 긍정적이어야 한다. 그리고 그 일을 견디고 있는 나에게 감사해야 한다. 이게 중요하다.

살아갈 날이 2주밖에 남아 있지 않은 이의 관점에 맞추어 허겁지겁 무언가를 하지 않아도 된다는 뜻이다. 최후의 만찬을 위해 차려진 뷔페에서 브로콜리와 저지방 요구르트를 집어 드는 이는 없을 것이다. 하지만 다음 주에 뮤지컬 오디션을 봐야 하는 당신은 당연히 그걸 선택해야 한다. 물론 언젠간 우리에게도 캐러멜을 씌운 돼지 뒷다리 살과 초콜릿 빵을 포기할 이유가 없는 순간이 오겠지만, 지금 당장 그들이 당신의 롤모델은 아니지 않은가?

별로 좋아하지도 않고, 보람도 없는 일을 뼈 빠지게 하고 있다고 한탄할 필요도 없다. 어차피 돈을 받고 하는 일은 즐거울 수가 없다. 아무리 좋아하던 일이라도 일단 직업이 되면 즐거움의 수위가 곤두박질치게 되어 있다. 한 가수가 인터뷰에서 이렇게 말했듯이.

"어릴 때부터 노래만이 내 세상이었죠. 노래를 부르면 날개를 단 것 같았고, 세상이 다 내 것 같았어요. 그런데 가수로 데뷔하고 난 어느 날 문득 내가 더 이상 샤워하면서 노래를 부르지 않는다는 사실을 깨달았어요."

고대 그리스에서는 '해피'라는 말이 지금과는 전혀 다른 의미로 쓰였다. '해피하다.'는 것은 느낌을 표현하는 형용

리더 기러기처럼 꿋꿋하게,

습관에 저항하며 내 마음의 열망에 붙어 있을 때,

진짜 '나'에게서 떨어지지 않고 날개를 퍼덕이며 견딜 때,

놀라운 일이 생긴다.

불안하고 차갑던 공기가 서서히 데워지면서 기류가 뚫린다.

이젠 있는 힘껏 날개를 퍼덕이지 않아도

공기의 물살 위에 올라타고 미끄러지듯

꿈을 향해 갈 수 있다.

그 흐름은 '나의 것'임을 알기 때문에

불안도, 의심도 없다.

사가 아니었다. 일종의 라이프스타일을 일컫는 말이었다. 도덕적이고 건강해서 몸과 마음이 균형 잡힌 사람이 탄탄한 기반 위에 안정적으로 생활해나가는 방식을 '해피니스'라고 불렀다.

그러니까 용서해줘라. 당신은 잘하고 있다. 지금 당신이 지나고 있는 시간은, 즐겁진 않겠지만 중요한 시간이다. 쾌락적이진 않을지 몰라도 의미 있는 과정이다. 의미가 있을 때 우리는 '나'로서 살아 있음을 느낀다. 자기감이 차오른다. 우린 그럼 된 거다.

마음 가는 대로 살다가는 어디로도 못 간다. 내가 가고 싶은 곳에 마음이 가도록 해야 한다. 누군가는 흐름에 몸을 맡기고 살라고도 한다. 하지만 먼저 당신이 그 흐름을 만들어야 한다는 사실은 말해주지 않는다.

V자를 그리며 가을 하늘을 날아가는 기러기 떼를 본 적 있는가? 그들이 올라탄 기류는 맨 앞에서 무리를 이끄는 리더가 있는 힘껏 날개를 퍼덕여 만들어낸 공기의 흐름이

다. 무리 중 가장 힘이 세고 영민한 리더는 어디로 가야 할지를 알고 있다. 그래서 그쪽을 향해 춥고 고독한 첫 날갯짓을 시작한다.

꿈의 땅을 찾았다면 우리도 그 방향을 향해 날개를 퍼덕여야 한다. 세상의 물살에, 혹은 다른 누군가가 만들어놓은 흐름에 휩쓸리기 전에. 처음엔 어렵다. 오랫동안 한 자리에 고여 있던 공기가 무겁게 날개를 짓누를 것이다. 늘 해오던 대로 다른 이의 꿈을 이루며 '나'를 뒤로 미루고 싶어질 것이다. 리더 기러기처럼 꿋꿋하게, 습관에 저항하며 내 마음의 열망에 붙어 있을 때, 진짜 '나'에게서 떨어지지 않고 날개를 퍼덕이며 견딜 때, 놀라운 일이 생긴다. 불안하고 차갑던 공기가 서서히 데워지면서 기류가 뚫린다. 이젠 있는 힘껏 날개를 퍼덕이지 않아도 공기의 물살 위에 올라타고 미끄러지듯 꿈을 향해 갈 수 있다. 그 흐름은 '나의 것'임을 알기 때문에 불안도, 의심도 없다. 그 순간부터 당신의 여행은 매 순간이 집이다. 이전엔 존재한 적 없는 새로운 라이프스타일이다.

그리고 무엇보다 중요한 건, 이 시절을 뚫고 지나온 당신을 기억할 때마다 미래의 당신은 기쁨을 느낄 거라는 점이다. "지금 이 일을 좋아하진 않지만 그럼에도 불구하고 지금 이 일을 해내고 있는 나 자신은 마음에 들어요."라고 말할 수 있다면 당신은 지금 그 첫 날갯짓을 하고 있는 중이다. 시간이 흐른 어느 날 그 모든 과정들을 기억 속에 굴려보았을 때 옳다고 느껴지는 순간, 흰 곰의 포옹처럼 묵직한 즐거움이 우릴 안아주고 업어줄 것이다.

또, 쾌락이 '느낌'의 문제라면 기쁨은 '관점'의 문제다. 맥락을 읽음으로써 알아차리게 되는 감정적 경험이다. 기쁨을 느끼기 위해서는 기억력과 상상력이 동시에 필요하다. 그래서 좀 더 발달된 뇌구조를 지닌 존재, 즉 돌고래나 보노보 침팬지 정도는 되어야 기쁨을 논할 수 있다. 즐거움을 미룰 줄도 알게 되고, 당장 먹어버리지 않고 '넣어둔' 바나나가 미래에 가져다줄 즐거움을 맛보며, 기쁨에 찬 한나절을 보낼 수 있게 된다. 따라서 높은 지적 능력을 가진 존재

일수록 기쁨을 경험할 확률이 높다. 물론 그것을 경험하지 못하도록 스스로를 길들일 확률도 압도적으로 높지만.

'지금 이 순간, 바로 여기'에 사는 것은 우리에게 '맞지' 않는다. 아마 당신도 요가 선생이나 명상가들의 말에 따라 산만한 마음을 다잡고 지금에 집중해보려고 노력해봤을 것이다. 잘되던가? 당신의 마음이, 관심이 '지금 이 순간'에서 자꾸만 벗어나는 것은 당연하다. 우리에겐 '이야기 본능'이 있기 때문이다. 당신도, 나도 이야기 없이는 살아남지 못한다. 그것은 계획하고, 후회하고, 기억할 수 있는 존재의 척추와 같다.

이야기는 우리의 시작이자 끝이며 실체다. 이야기를 함으로써 우리는 우리가 된다. 인간이 동물과 다른 점은 자신의 이야기 속에서 '나'의 줄거리를 일관되게 유지한다는 점이다. 어제까지 '나'를 지탱해주던 그 이야기가 없으면 아침에 눈을 뜬 '오늘의 나'는 허공에 붕 뜨게 된다. 우리는 순간을 살아가는 존재가 아니다. 그런 거라면 고양이나 풍뎅이가 제일 잘한다. 우리는 길게 이어진 의미와 맥락의 복도를 거닐며 살아가는 존재들이다. 그곳은 모든 일들에 앞뒤가 있고 사연이 있으며, 우리 안에서 끄집어내는 기억이 있는 세계다. 우리는 지금 이 순간에 펼쳐진 풍경을 들고 과거와 미래의 복도를 분주히 오르내리면서 적당한 자리에 찾아 거는 큐레이터들이다. 아무리 멋진 순간이라도, 아무리 기가 막힌 아이스크림이라도, '나'라는 연작이 길게 전시되어 있는 회랑 벽 어딘가에 걸고 몇 발짝 물러나 바라보면서 고개를 끄덕이거나 얼굴을 찡그려야 우리의 경험은 완성된다.

꽃을 피울 땐 아티스트처럼,

지고 나를 땐 노새처럼

꿈은 재능이다. 그리고 세상에 재능만큼 흔한 건 없다. 귀한 것은 끈기다. 누구나 재능이 너무 많아서 탈이다. 어린아이의 부모 중 "우리 아이는 잘하는 게 너무 많아서 뭘 시켜야 할지 모르겠어요."라고 말하지 않는 사람을 보았는가? 재능은 흔하지만 끈기는 흔하지 않다. 무라카미 하루키도 성공한 문호가 갖추어야 할 조건에 대해 말한 바 있다. "재능과 그걸 실현할 근면함이 있어야 한다."고.

아름다움을 느낄 줄 아는 사람은 많다. 하지만 오로지 소수만이 그 아름다움에 머무르고 매달릴 끈기를 갖고 있다. 그 외의 것들엔 마음을 꺼버릴 수 있는 훈련된 스위치도. 그 집중된 에너지가 대리석을 뚫고 다비드상 같은 아름다운 작품을 만들어낸다. 돌에서 탄력 있고 섬세한 청년의 피부가 배어나올 때까지 하찮은 일들에 마음 뺏기지 않고, 끌과 망치를 들고 견디게 한다.

그래서 예술가들과 작가들은 꿈을 노새처럼 지고 먼 길을 가기 위해 체력을 기른다. 저 멀리 다른 섬에 살고 있는 이들에게 그 아름다움을, 그 전율을 지고 날라서 보여주기 위해. 감정의 체력은 끈기와 배짱이다. 어떤 비열한 이가 뱉은 비열한 말에도 흔들리지 않고 내가 원하는 주소에 닿을 때까지 끈끈하게 붙어 있을 수 있는 마음의 근육.

당신 안에 꿈이 있다면, 당신 안에 노래가 있다면, 당신 안에 퍼뜨려야 할 메시지가 있다면 먼저 감정적 체력을 길러라. 타인의 마음에 이르는 길은 생각보다 멀다. 꽃을 피울 땐 아티스트처럼, 꽃을 지고 시장에 나를 땐 노새처럼. 그 둘을 다 해내지 못하면 성공한 꽃장수가 될 수 없다.

꿈은 우리에게 인생의 목표를 주지는 않는다. 목표를 향해 '나의 조각들'을 가지런히 정렬할 수 있도록 도와줄 뿐이다. 밤마다 마음속에 뜨겁게 모닥불을 피우고, 꿈을 노래하고, 꿈을 춤추는 이들은 길을 잃지 않는다. 자신을 여기저기 흩뜨린 채 산만하게 살아가지 않는다. 싸구려 진통제 같은 처방들로 감각을 무뎌지게 하지 않는다. 가져야 할 것을 갖지 못했을 땐 뼛속 깊이 상실감을 느끼고, 있어야 할 곳에 있지 못할 땐 고독에 몸부림친다. 그렇게 느껴야만 하는 것을 제대로, 오롯이 느낄 수 있는 능력이 진정한 지성이다.

진정한 당신의 꿈은 갈아 내린 블랙커피와 같다. 블랙커피는 달지 않다. 그것은 강렬하고 뜨겁다. 우릴 깨어 있게 하고 흔들어 깨운다. 싸구려 설탕 같은 행복에 한눈팔거나 당장의 달콤한 위로거리를 찾느라 길을 잃지 않고 꿈에 붙어 있을 수 있도록.

그러니까 "다 괜찮을 거야."라고 말하지 마라. 정말로 괜찮아질 때까지 불편함을 느끼고 꾸준히 그 꿈 안에서 한 방향으로 나의 조각들을 모으다 보면 발버둥이 수영이 되는 순간이 온다. 몸부림이 춤이 되는 순간이 온다.

이 '꿈 안에 있는 습관'은 삶을 놀랍도록 쉽고도 명확하게 해준다. 할리우드의 카페에서 접시를 닦는 무명배우는 그럼에도 불구하고 충만하다. 원하는 방향으로 가는 우편물에 붙여진 우표니까. 행복을 찾아가려고 애쓰지 말고, 지금 있는 그 자리를 의미 있게 만들어라.

행복의 덫에 걸리지 마라. 고독하고, 부질없게 느껴지고, 서럽기조차 한 순간에 '행복'하진 않겠지만 그것이 꿈으로 가는 여정이라면 당신은 충만할 것이다. 잠깐 추운 짐칸에 던져졌지만 견딜 수 있다. 일등칸에서 불안에 떨고 있는 이들을 부러워하지 않는다. 그 길 위에서 받는 상처를 두려워 마라. 꿈 안에서 받는 상처는 우리를 깊어지게 만든다. 깊은 그릇이 되면 축복도, 감사도 훨씬 많이 담을 수 있다.

젊은 영혼들이여, 꿈을 가져라! 그 꿈을 갖고 나가 패배하라. 그리고 그 깨어진 꿈의 조각들을 하나도 흘리지 말고 삼켜라. 그리고 기다려라. 여기에 인생의 마법이 있다. 삶을 신비로운 것으로 만드는 연금술이 있다. 지금 삼키는 것은 후회와 비탄, 조각난 심장이지만 그것들이 세월 속에 엉겨 붙어 황금이 된다. 꿈을 꾸지 않았다면 처음부터 없었을 조각들이다. 부서진 자존심이 자부심으로 돋아날 때까지 기다려라.

고등교육을 받은 인간은 타조알을 삼킨 뱀과 같다. 뱃속에 든 그 알은, 당장은 당신에게 도움이 되지 않는다. 도움이 되기는커녕 배만 불룩하게 솟아 우스꽝스러워 보일 뿐이다. 그 무거운 덩어리 때문에 균형감각을 잃은 뱀은 잘 움직이지도 못하고 비틀거린다. 머릿속에 든 것은 많은데 세상 경험은 전무한 박사학위 소지자처럼. 위산에 타조알의 두꺼운 껍질이 녹아 터질 때까지는, 그래서 그 영양분이 흡수되어 뱀의 일부가 될 때까지는 시간이 걸린다.

시간이 얼마나 걸릴지는 아무도 모른다. 하지만 어느 날엔가 '그것'은 일어나고, 뱀은 무섭게 몸을 키운다. 존재가 순식간에 확 커지면서 세상을 보는 눈높이가 달라지고 풀숲의 다른 생물들이 그를 대하는 태도도 달라진다. 그의 앞길을 막아서는 뱀들이 없어지는 것이다. 환골탈태는 그렇게 오랜 시간이 흐른 뒤, 느닷없이 일어난다.

세상에 헛된 경험은 없고 낭비되는 학위는 없다. 다만 그 타조알이 언제, 어떤 식으로 터져서, 어떤 모습으로 우리를 성장하게 할지 알 수 없을 뿐이다. 그래서 때론 우리가 그 알을 삼켰었는지조차 잊고 지내기도 한다. 오래 전 삼키고 잊어버린 꿈들, 삼키고 후회했던 경험들은 이따금씩 예기치 않은 순간에 툭 터져서 나를 놀라게 한다. 조바심 내지 말자. 그것은 언젠가 가치를 발휘할 것이다. 다만, 지금 당신이 생각하는 그런 식으로가 아닌 훨씬 놀랍고도 사려 깊은 방식으로. 여기에 인생의 미장센이 있다.

지금은 젊기에 최악의 시기인 것 같다, 젊은 친구들.

수많은 야망과 계획들이 깨지지만 우리가 그 경험을 딛고 성장하지 못하는 이유는 편식 때문이다. 고집스럽게 샐러드의 당근을 골라내는 아이처럼 우리의 유치한 경험편식은 배우려 들지 않는다. 여러 차례 앞에 놓여도, 배우고 싶지 않은 경험은 삼키지 않는다. 집어 들었다가도 슬그머니 버리거나 삼킨 척한다.

하지만 깨진 조각들이 당신의 것이 아니라면 뒤도 돌아보지 말고 떠날 줄 알아야 한다. 그 아픔엔 손댈 가치도 없다. 어리석게 타인의 조각들을 삼키며 고통 받지 마라. 세상이 당신에게 강요한 꿈이 깨졌다고 절망하지 마라. 다른 누군가를 기쁘게 하기 위해 품었던 꿈이 깨졌다고 그 날카로운 조각에 심장을 베이지 마라. 당신을 아껴라. "아, 내 인생은 힘들기만 할 뿐, 의미가 없어."라고 말하는 사람들은 대부분이 엉뚱한 조각들을 삼키며 고통 받는 사람들이다.

중요한 것은 그 고통의 의미다. 이 시련이 '나의 것'인가? 내가 초대하여 나를 찾아온 꿈이 깨진 조각들인가? 그렇다면 상처가 나더라도, 피가 흐르더라도 삼킬 가치가 있다. 진정 원한다는 것은, 사랑한다는 것은 그런 식으로밖에 증명할 길이 없기 때문이다. '얼마만큼의 아픔을 감수할 용의가 있는가?'로 '얼마나 원하는가?'가 확실해진다. 사랑에 빠진 이들에게 물어보라. 가슴이 아플수록 사랑한다는 느낌이 더욱 강렬해져, 그 사람에게서 헤어날 수 없다고 말해줄 것이다. 첫사랑이란, 당신이 처음 마음을 준 사람이 아닌 처음 당신의 마음을 부서뜨린 사람 아니던가? 발레리나에게 물어보라. 피멍이 든 발끝으로도 다시 한 번 피루엣을 하고 싶어서 새벽같이 연습실로 향한다고 할 것이다.

막연하고 불안한 순간이 오거든 더 단단히 꿈에 매달려라. 당신의 소포가 아마도 터널을 지나는 중일 것이다. 그걸 알고 있는 이는, 비록 몸은 고단하더라도 마음 깊은 곳에서 콧노래를 부를 수 있다. 인류학 박사학위를 가지고 포장마차에서 라멘을 끓이는 유야처럼. 언젠가 그곳에 닿을 테니 불안해하지 마라. 그리고 다시 한 번, 당신을 아껴라.

꿈을 꾸는 법부터
배우고 와

"꿈을 이루려고 애쓰는 사람을 볼 때마다 나는 생각해.

'저 사람은 꿈꾸는 법을 알고 있을까?'

모든 것이 거꾸로 되었어. 먼저 꿈꾸는 법을 배워야 하는데 애쓰는 법부터 배우지. 그래서 해치울 줄만 알지 이룰 줄은 몰라. 계획할 줄만 알지 원하는 법을 몰라."

야란은 21세기를 지나고 있는 인간들 대부분이 기본적으로 앓고 있기 때문에 당연하다고 여겨버리게 된 끔찍한 증상에 대해서 이야기하고 있었다. 내가 뭘 하고 싶은지 모르는 병.

"인생의 열쇠를 찾는다고들 하지만 열쇠는 이미 갖고 있어. 네가 바로 열쇠야. 네가 찾아야 하는 것은 그 열쇠에 꼭 맞는 문이야. 문을 찾아!"

그 말을 듣자마자 내 몸이 먼저 반응했다. 척추가 곧게 서면서 구깃하게 접혀 들어가 있던 가슴뼈와 날개뼈가 한 뼘씩 펼쳐져 나오는 게 느껴졌다. 내 것이 아닌 문을 열기 위해 쑤셔 넣고 비틀었던 '나'의 모양이 새로 깎은 열쇠처럼 날을 반짝이며 당당하게 다시 돋아나는 느낌이었다.

"요즘 사람들, 어린아이부터 어른까지 자기가 뭘 원하는지 모르는 게 당연해. 원하는 법을, 꿈꾸는 법을 배운 적이 없으니까. 부모도, 학교도 생계를 잇는 법만 가르칠 뿐, 사는 법을 가르쳐주지 않아. 무언가를 가슴이 타들어가도록 원한 적 있어? 한 점 의심 없이 내 것인 꿈 때문에 잠 못 이루고 설레어봤어? 만약 아주 어릴 때 그걸 배웠다면 넌 지독히 운이 좋은 거야. 지금 네가 열기 위해 발버둥치는 그 문이 네 문이 확실해?"

엉뚱한 문의 열쇠 구멍에 맞추려고 나를 깎고, 비틀고, 닳게 하다보면 정작 내가 꿈꾸던 주소에, 처음부터 날 위해 만들어진 그 문 앞에 다다랐을 때 문을 열지 못하게 된다.

"너는 세상이 꾸는 꿈을 이루려고 삶을 낭비하고 있어. 네 꿈을 찾아, 네 꿈을 꿔야 해. 그러면 세상이 그 꿈을 이룰 거야."

내가 꿈꾸는 법을 배운 적이 있던가? 그저 '커서 뭐가 될 거니?'라는 질문만 수천 번 받은 기억이 난다. 나는 그때마다 누군가가 가르쳐준 대답을 되풀이 했다. "외교관이요." 어른들은 함빡 웃으며 내 머리를 쓰다듬어주었다. "그래. 공부 열심히 해서 꼭 외교관이 되어라." 정작 난 외교관이 뭐 하는 사람인지도 몰랐다. 아무도 "지금 기분이 어떠니?" 혹은 "너는 뭘 해야 행복할 것 같니?"라고 물어봐주지 않았다.

그렇게 내 꿈과 접속하는 법을 배우지 못한 채 사춘기에 이른 나는 완전히 길을 잃고 말았다. 표지판도 없이 텅 빈 길 위에 오로지 고장 난 라디오처럼 왕왕거리는 질문들만이 울려 퍼지고 있었다.

'이젠 어쩔래? 뭘 해서 먹고살 거니? 뭘 전공하고 싶은지 모르겠다는 게 말이 되니? 도대체 생각이 있는 거니, 없는

거니?'

열다섯 살의 나는 처음으로 외로움을 느꼈다. 그것은 아이폰을 손에 쥐지 못했던 시절의, 도망칠 곳 없던 청소년이 느끼던 태고적 고독이었다. 다시는 돌아갈 수 없는 오래된 풍경 같은 고독. 어른들은 마치 내가 한 번 그으면 절대 지울 수 없는 사인펜으로 인생의 밑그림을 그리고 있는 듯 말했다.

"정신 차리고 선을 똑바로 그어. 두 번, 세 번 더 신중히 생각하고 나서 동그라미를 어디에 그릴지 결정해. 몇 번을 말해야 알아듣겠니? 삐죽 튀어나온 선들은 어떡할 거니? 이 세모는 왜 그리다 말았냐고 누가 물으면 뭐라고 할래?"

대학에 가자 그 사람들은 또 말했다.

"학점 관리 철저히 해라. 학점은 널 평생 따라다닌단다."

오, 젊은 독자들이여! 그것은 희대의 사기극이었다. 부디 그대만은 그 음모에 휘말려 엉뚱한 항구에 닿지 않기를.

'커서 뭐가 될 거니?'는 후렴구처럼 내 삶에 따라붙어 매 구절 반복되었다. '주말에 뭐할 거니? 졸업하면 뭐할 거니?

내년엔 뭐할 거니? 덜컥 회사를 그만둬버리다니, 뭐하려고 그러니? 그 질문들은 한결같이 5분 뒤의, 며칠 뒤의, 1년 뒤의, 이미 다 커버린 내게 '커서 뭐할 거냐?'고 묻고 있었다. 어디로 갈 거냐고, 짐작조차 할 수 없는 미래의 주소를 대라고 다그치고 있었다. 어느 정도 나이가 들자 그 위에 또 다른 목소리가 덧대어졌다. 그 목소리는 형사처럼 증거를 대라고 요구했다.

"널 증명해봐. 지금껏 뭘 했는지 보여줘."

나는 끊임없이 증명서를 썼다. 당신이 이 학교에 들어올 만큼 똑똑하다는 사실을 증명하시오. 당신이 이 회사에 이윤을 안겨줄 인재란 걸 증명하시오. 당신이 집세를 꼬박꼬박 낼 수 있다는 사실을 증명하시오. 당신이 사이코패스가 아니며 친구라고 불릴 만큼 괜찮은 인간이란 걸 증명하시오. 이 휴대폰이 틀림없이 당신 것이라는 사실을 증명하시오….

증명은 길고도 지루했고, 그 증명을 해내고 나면 어김없이 그리스 고대극의 합창처럼 웅장한 후렴구가 들려왔다.

'좋아. 그럼 이젠 어떡할 거니? 어디 가서 뭐할 거니?'

영혼의 피부에 문신처럼 새겨진 그 질문에 답하기 위해서 우리는 청춘을 불살랐다. 늘 무언가를 '하고' 있다고 답하기 위해서 내가 닳는 느낌을 견디며 필사적으로 내 것이 아닌 일들을 했다. 낮은 전기충격을 받은 쥐가, 앞니가 닳도록 당근을 갉아대는 것처럼. 당신도 지금 그 노래를 듣는가? '이젠 어떡할래? 이젠 어디 가서 뭘 할래?'

무엇부터, 어디서부터 시작해야 좋을지 모르겠다면 지금은 멈추어야 할 때인지도 모른다. 아무것도 시작하지 마라. 벌여놓은 일에서 손을 떼고 신발 끈을 풀고 앉아라. 그리고 원한다면 나와 함께 응답하지 않겠는가?

"아무것도, 아무것도! 이젠 널 위해선 아무것도 하지 않을래."

스물일곱이 되던 해, 그 질문을 피해 도망치듯 나는 떠났다. 그런데 그곳에서는 다른 질문이 나를 기다리고 있었다. "너 어디에서 왔니? 웨어 아유 프럼?" 이젠 가는 곳마다, 만

나는 사람마다 내가 떠나온 곳의 주소를 묻고 있었다. 그들 또한 자기 부족의 아이들에겐 "이젠 어디로 갈 거니?"라고 묻겠지. 익숙한 이에게는 미래의 주소를, 낯선 이에게는 과거의 주소를 묻는다. 출입국 관리소 직원들처럼.

친절하게 과자를 건네거나, 길을 가르쳐주거나, 전혀 다른 이야기로 대화가 시작되어도 결국에 그들은 묻고야 말았다. "그런데 넌 어디서 왔니?" 1,000번쯤 들으니 그 '웨어 아유 프럼?'이 지긋지긋했다.

모두들 내가 두른 유령에만 관심이 있었다. '어디에서 왔는가, 어디로 가려는가.' 그것들은 이제 어디에도 존재하지 않는, 내 기억 속에만 존재하는 유령 같은 나의 이야기였다. 더운 피가 흐르는 나는 지금 네 앞에, 파란 슬리퍼를 신고 이렇게 서 있는데, '나'는 지금 네 앞에서 생방송되고 있는데 왜 자꾸만 편집된 낡은 필름을, 아직 찍지도 않은 필름을 보여달라고 하는 것인가!

나는 지금 너랑 있다.

무엇부터, 어디서부터 시작해야 좋을지 모르겠다면

지금은 멈추어야 할 때인지도 모른다.

아무것도 시작하지 마라.

벌여놓은 일에서 손을 떼고 신발 끈을 풀고 앉아라.

그리고 원한다면 나와 함께 응답하지 않겠는가?

"아무것도, 아무것도!

이젠 널 위해선 아무것도 하지 않을래."

내 마음의 집은
어디인가?

그런데 울루루에서는 사람들이 다르게 물었다.

"넌 어디서 편안하니?"

한 에버리진 여인이 처음 이렇게 물었을 때 나는 고개를 갸우뚱했다. 그녀의 영어가 서툴러 '웨어 아유 프럼?'을 잘못 발음한 줄 알았다. 그래서 늘 하는 대답을 했다.

"한국에서요."

그녀는 씨익 웃더니 다시 물었다.

"거기서 편안하니?"

나는 할 말을 잃었다. 그녀는 내 몸과 마음이 마침내 신발을 벗고 쉬는 곳이 어디냐고 묻고 있었다. 출생증명서와 여권에 박힌 주소가 아니라 내 마음의 고향이 어디냐고. 내

영혼의 국적이 어디냐고.

인간이 느끼는 외로움은 결국 향수병이라고 한다. 고향에 대한 그리움. 몸이 태어난 곳이 아닌 마음이 태어난 곳으로 돌아가고픈 열망이 솟아날 때 우린 고독하다고 느낀다. '언젠가' 돌아가 '내 마음에 색동옷 입혀' 지낼 내 땅, 내가 있어야 할 곳, 그 애틋하고도 차분한 마음의 풍경. 손에 잡히진 않지만, 늘 자욱하게 깔려 있는 안개 같은 기억들을 우린 품고 저마다 타향살이를 하고 있다.

"집에 가고 싶어서 그러는구나."

아무리 기막히게 즐거운 파티에서 몸을 흔들어도, 아무리 아름답고 이국적인 거리를 거닐며 수천 장의 사진을 찍어도 어느 순간 우린 왠지 집에 가고 싶어진다.

만일 그 느낌을 내게 묻는다면 난 이렇게 말할 것이다. 먼 북소리가 들린다고. 저 멀리서 누군가가 내 심장과 같은 박자로 북을 치고 있다고. 따라가지 않고는 견딜 수 없는 그 리듬, 마음을 춤추게 하는 그 노래.

어떤 노래의 멜로디가 떠오르지 않을 때가 있다. 분명 아는 노래인데, 그 가락이 도무지 떠오르질 않는 것이다. 뻔히 아는 단어가 혀끝에만 맴돌 뿐 생각나지 않을 때처럼, 뇌와 심장이 모기에 물린 것처럼 가렵다. 그때 친구에게 물어보라. 그는 이것저것 떠오르는 대로 아는 노래들을 흥얼거려줄 것이다.

"아니, 그거 말고…."

당신은 처음 한 소절만 들어봐도 그 노래가 아니란 걸 바로 알 수 있다. '딴 건 몰라도 그 노래가 아니란 건 확실히 알겠어.' 그러던 어느 날, 무심히 지나치던 꽃가게 앞에서 잊어버리고 있던 노래를 듣는다. '아, 저 노래!' 노랫가락이 온몸에 확 퍼진다. 한동안 그 가게 주변을 떠나지 못하고 귀 기울인다.

당신이 늘 그리워하는 꿈의 고향도 그렇게 느닷없이 찾아올 것이다. 지금 살고 있는 곳이 '그곳'이 아니란 것만은 확실히 알고 있는 당신에게.

"넌 왜 항상 다른 곳만 바라보니? 어딜 가나 똑같다는 걸 왜 몰라? 이게 아닌 것 같다고? 그럼 도대체 어디서 어떻게 살면 행복하겠니? 응?"

사람들이 묻거든 그냥 가만히 웃어라. 그들은 모른다. 아니, 모르기로 결심했다. 꿈의 땅에 가면 자기 자신이 되어야 하고, 그러면 더 이상 변명과 불평 속에 숨어 지낼 수가 없게 되니까. "그냥 알아. 네가 부르는 그 노래가 내 노래가 아니란 것만은 확실해. 아닌 건 아니라고 느끼는 게 내 인생에 대한 최소한의 예의인 것 같아. 어디선가 내 노래가 들려오면 놓칠 수가 없어, 그 멜로디. 그러니 걱정 마."

내 친구 엘리엇은 페루에서 그 노래를 들었다. 처음엔 그저 환승을 위해 잠깐 페루 공항에 내렸을 뿐이었다. 폭우로 그가 타려던 연결편 비행기 스케줄이 취소되는 바람에 어쩔 수 없이 공항 근처의 한 호텔에서 하룻밤을 묵게 되었다. 퍼붓는 빗줄기 속에서 우산을 쓰고 쿠스코의 거리를 정처 없이 헤매면서 그는 설명할 수 없는 안도감에 휩싸여 눈물을 흘렸다.

"정말 억수 같은 비였어. 거리의 상점들도 다 문을 닫았고 지나다니는 사람도 거의 없었지. 그런데도 그 닫힌 문들이 모두 팔을 활짝 펴고 나를 맞아주는 것 같은 거야. 그냥 오래 그리워하던 누군가가 뺨을 대고 다정하게 말을 거는 것 같았어."

35년을 살았던 영국에서는 한 번도 느껴 보지 못했던 '집'을 지구 반대편의 비 내리는 골목에서 느껴버리다니. 사춘기 때부터 끈질기게 그를 괴롭히던 불면증마저 13시간의 시차에도 불구하고 말끔히 사라져 그날 밤 그는 갓난아기처럼 잠들 수 있었다. 그 고향의 노래를 잊지 못하고 엘리엇은 그해 2주간의 여름휴가를 페루에서 보냈다. 그다음 해엔 1달을, 그다음 해엔 아예 페루에 집을 빌려 4달을 살면서 골목 친구가 생기고 페루인 애인이 생겼다.

영국에 돌아오는 일이 점점 고통스럽게 느껴지게 되었고, 그는 급기야 페루로 이민을 가버렸다. 그리고 오래오래 행복한 아저씨가 되어 사는 중이다. 자기 땅에서. 그런 식으로 사람들은 고향으로 돌아간다. 마음의 국적을 찾고 진짜 집을 찾는다. 누군가에게는 그림이 고향이다. 세일즈맨으로 일하는 틈틈이 그림을 그리면서 언젠가 그림만 그리면서 살 수 있는 삶을 꿈꾼다. 화가의 세상으로 이민가고 싶은 것이다. 당신도 분명 남몰래 눈독 들이고 있는 그 땅이 있을 것이다. 하루 빨리 그곳의 시민권을 손에 넣기를.

나는 이제 당신을
만나고 싶다

"가장 먼저, 너의 부족을 찾아라. 아무리 멀리 떨어져 있어도 같은 땅의 사람들은 서로를 끌어당기게 되어있다. 함께 꿈을 꾸면 훨씬 단단하게 그 꿈에 붙어, 훨씬 빨리 그곳으로 갈 수 있다. 너와 같은 땅의 꿈을 꾸는 사람들을 찾아서 그들과 어울려 살아라. 만약 너의 사람들을 찾지 못한다면 네가 너의 부족을 만들어라! 부족을 이루고 함께 모닥불을 피울 수 있다면 행복하지 않겠니? 어딘가에 분명 너와 같은 땅을 그리워하는 사람들이 있다."

분명 그럴 것이다. 하지만 꿈꾸는 법을 배운 적 없는 우리는 부족을 부르는 법도 알지 못한다. 나의 낙심을 눈치챘는지 야란은 동정 어린 눈빛이 되었다.

"도시에서 태어난 이들은 참으로 고달프겠구나. 자기 부족을 알아보는 일부터 새로 시작해야 하니…. 빌딩에서 양복을 입고 사는 사람들은 어떻게 서로를 알아보지? 어디에 같은 이야기를 가진 사람의 표식을 그리지?"

그의 질문에 대답을 하면서 나는 마음 깊이 쓸쓸함을 느꼈다.

"우린 서로를 보지 않아요. 아무도 눈앞에 있는 그 사람을 진정으로 알아보려 하지 않아요. 오히려 부족의 표식을 숨기기 위해 머리카락을 염색하고 컬러렌즈를 끼고 보호색처럼 엇비슷하게 옷을 입어요. 유행이란 게 결국은 몸을 숨기기 위한 거예요. 그러고도 행여 서로 눈이 마주칠까 봐 항상 다른 곳을 봐요."

우리는 보통 하루에 한 번씩 마음이 끌리는 사람과 마주친다고 한다. 우리는 생각보다 훨씬 영감이 발달한 존재들이라서 '내 사람'이 주위에 있으면 보이지 않는 더듬이가 그 전파를 감지해낸다. 당신은 그쪽을 보게 되어 있다. 그리고 우주는 우리에게 그렇게 인색하게 굴지 않는다. 같은 마음

틀에서 구워낸 부족들이 서로의 길 위에서 마주칠 기회를 넉넉히 준다. 우리가 두려워하지만 않는다면.

울루루에 머무는 열흘 동안 10번의 해가 떴고 11번의 해가 졌다. 나는 그 10번의 탄생과 죽음의 붉은 광경을 한 번도 빠짐없이 지켜보았다. 인류의 마지막 목격자인 것처럼.

그리고 50년간 별을 지켜온 이가 떠나는 나를 축복해주었다. 붉은 흙을 덤불열매와 섞어 내 머리 위에 끼얹으며 동굴 속에서 울리는 북소리 같은 목소리로.

"모든 것의 어머니 울루루의 이름으로 기원하노니
너, 땅 끝까지라도 가서 네 부족을 만날지어다.
너와 네 부족이 서로를 놓치지 않고 알아볼지어다.
그리하여 함께 너희가 속한 땅으로 돌아갈지어다.
너, 그곳에서 진정한 네가 될지어다."

울루루에서 돌아와 한동안 나는 예전의 나를 둘러싸고 있던 것들에 적응할 수가 없었다. 낯설고 이상했다. 모든 것이 다르게 보였다. 특히 사람들이. 모두가 부족의 표식으로 빛나고 있는 듯했다. 나는 런던의 기차역에 남겨진 야생 산노루처럼 두리번거렸다. 행여나 노루꼬리가 눈에 띌까 해서. 낯익은 잎사귀 모양의 귀를, 긴 속눈썹을 놓칠까 봐서.

멸종하지 않고 어딘가에 남아 있다면 나는 당신을 만나고 싶다.

이제 만날 때가 된 것 같다.

나는 당신이 밤에 홀로 깨어 우는 사람이기를 바란다.

'나' 아닌 다른 것에 바쳐진 시간들이

아파서 뒤척이는 사람이길 바란다.

예민하고 겁이 많은, 산노루 같은 심장을 가졌길 바란다.

내가 늘 그래왔던 것처럼.

그래서 나는 이런 글을 쓰고 있고,

당신은 이런 글을 읽고 있다.

어떻게 살아야 하는지를 말해줄 지혜가 내게는 없다.

다만, 당신이 살고 싶어지는 이야기를 하고 싶다.

꿈을 직시하자.

현실을 직시하는 것은 꿈을 포기한다는 뜻이지만,

꿈을 직시한다는 것은 현실을 창조한다는 뜻이다.

현실은 산만하고 주파수가 맞지 않는다.

꿈을 꾼다는 것은 또렷하게 본다는 뜻이고

흔들림 없이 포커스가 정확한

미래의 사진을 본다는 뜻이다.

처음부터 다시 시작하자.

꿈꾸는 애벌레로 돌아가 스스로에게 시간을 주자.

당신의 꿈이 무르익어 알을 깨고 나오는 순간,

세상은 예전 같지 않을 것이다.

제발, 세상이 당신을 탕진해버리기 전에 스스로를 아껴라.

나무처럼 우리 인생은 아래로도 자란다.

단단하고 어두운 시간 속에서

행복은 뿌리를 내리고 꿈을 움켜쥔다.

그 뿌리는 꿈을 위해 흘렸던 눈물의 시간들을 빨아올린다.

차가운 바닥에서 울던 밤들이 꽃으로 피어나게 된다.

꿈꾸기에, 꽃 피기에 너무 늦은 때란 없다.

인생은 늘 꽃철이다.

곽세라

20년째 여행하며 글을 쓰고 있는 몸, 마음 전문가이다. 삶을 부드럽게 꿰뚫는 시선과 독특한 사유의 힘을 지닌 메시지로 지친 현대인들의 가슴에 고요한 치유를 선사하며 이 시대를 대표하는 힐링라이터로 사랑받고 있다.

이화여대 영문학과를 졸업하고 연세대학교 언론홍보대학원과 인도 델리대학교 힌두철학과에서 석사과정을 밟았다. 유명 광고회사에서 카피라이터로 일하던 중 '머리'의 삶에 회의를 느끼고 '가슴'으로 살고 싶다는 열망에 따라 인도로 떠나 요가와 철학, 명상을 배우는 것을 시작으로 피트니스와 웰빙의 세계에 뛰어들었다.

글로벌 리조트 클럽메드에서 피트니스, 요가 아시아 퍼시픽 트레이너로 활동했으며, 교통방송 '상쾌한 아침'에서 '세라의 레몬요가'를 진행했다. 〈월간 조선〉, 〈바앤다이닝〉, 〈석세스파트너〉 등의 잡지를 통해 웰빙, 건강 칼럼니스트로 활약하는 틈틈이 일본 미술국전인 니카NIKA 전 입상으로 화가로 데뷔했고, 인도 전역을 돌며 힐링을 주제로 한 아트쇼 '아트 투 하트Art to Heart'를 펼치기도 했다.

저서로는 《인생에 대한 예의》, 《앉는 법, 서는 법, 걷는 법》, 《멋대로 살아라》, 《길을 잃지 않는 바람처럼》, 《모닝콜》, 《영혼을 팔기에 좋은 날》, 《너를 어쩌면 좋을까》 등이 있다.

너는 어디까지 행복해봤니?

2019년 4월 12일 초판 1쇄 발행
지은이·곽세라

펴낸이·김상현, 최세현
책임편집·백지윤 | 디자인·임동렬

마케팅·권금숙, 김명래, 양봉호, 임지윤, 최의범, 조히라, 유미정
경영지원·김현우, 강신우 | 해외기획·우정민
펴낸곳·㈜쌤앤파커스 | 출판신고·2006년 9월 25일 제406-2006-000210호
주소·경기도 파주시 회동길 174 파주출판도시
전화·031-960-4800 | 팩스·031-960-4806 | 이메일·info@smpk.kr

ⓒ 곽세라(저작권자와 맺은 특약에 따라 검인을 생략합니다)
ISBN 978-89-6570-783-7 (03810)

쌤앤파커스(Sam&Parkers)는 독자 여러분의 책에 관한 아이디어와 원고 투고를 설레는 마음으로 기다리고 있습니다. 책으로 엮기를 원하는 아이디어가 있으신 분은 이메일 book@smpk.kr로 간단한 개요와 취지, 연락처 등을 보내주세요. 머뭇거리지 말고 문을 두드리세요. 길이 열립니다.